Le fantôme de Canterville et autres contes

Oscar Wilde

Le fantôme de Canterville

1

Lorsque M. Hiram B. Otis, le ministre américain, acheta Canterville Chase, tout le monde lui dit qu'il commettait une folie car il ne faisait aucun doute que les lieux étaient hantés. En vérité, lord Canterville lui-même, homme pointilleux à l'excès sur les questions d'honneur, avait jugé de son devoir de mentionner le fait à M. Otis quand ils en étaient venus à discuter des conditions de vente.

— Nous avons préféré ne pas y habiter nous-mêmes, dit lord Canterville, depuis que ma grand-tante, la duchesse douairière de Bolton, a été prise d'une peur panique dont elle ne s'est jamais vraiment remise en voyant apparaître sur ses épaules deux mains de squelette pendant qu'elle s'habillait pour dîner et il est de mon devoir de vous dire, M. Otis, que le fantôme a été vu par plusieurs membres vivants de ma famille, aussi bien que par le recteur de la paroisse, le révérend Augustus Dampier, diplômé de King's Collège à Cambridge. Après ce malheureux accident survenu à la duchesse, aucun de nos jeunes domestiques n'a voulu rester avec nous, et lady Canterville a souvent bien peu dormi la nuit en raison des bruits mystérieux qui venaient des couloirs et de la bibliothèque.

— Milord, répondit le ministre, je prendrai le mobilier et le fantôme selon évaluation. Je viens d'un pays moderne où nous avons tout ce que l'argent peut acheter ; et avec tous nos fringants jeunes gens qui viennent faire les quatre cents coups dans le Vieux Monde et qui enlèvent vos meilleures actrices et prima donna, je suppose que, s'il existait un fantôme en Europe, nous l'annexerions à bref délai pour le montrer au public dans un de nos musées ou dans les foires.

— Je crains que le fantôme n'existe, dit lord Canterville en souriant.

Encore qu'il ait peut-être résisté aux propositions de vos entreprenants imprésarios. Il est bien connu depuis trois siècles, depuis 1584 pour être précis, et il apparaît toujours avant la mort de chaque membre de notre famille.

— Ma foi, on peut en dire autant du médecin de famille, lord Canterville, mais les fantômes n'existent pas, non, monsieur ; et je doute que les lois de la nature soient mises en échec en faveur de l'aristocratie britannique.

— Vous êtes certainement très naturels en Amérique, répondit lord Canterville qui n'avait pas bien compris la dernière observation de M. Otis, et si la présence d'un fantôme dans la maison ne vous dérange pas, tant mieux. Seulement, souvenez-vous que je vous ai prévenu.

Quelques semaines plus tard, l'acquisition de la maison était chose faite et, à la fin de la saison, le ministre et sa famille vinrent s'installer à Canterville Chase. Mme Otis qui, sous le nom de miss Lucretia R. Tappan, de la 53e rue Ouest, avait été une des beautés célèbres de New York, était maintenant une superbe femme entre deux âges avec de beaux yeux verts et un profil parfait. En quittant leur pays natal, bien des Américaines adoptent un air de santé chancelante avec l'impression que c'est une forme de raffinement européen, mais Mme Otis n'avait jamais cru à cette fable. Elle jouissait d'une admirable constitution et d'une sorte de vitalité animale exceptionnelle. En fait, à bien des égards, elle était tout à fait anglaise et offrait un parfait exemple du fait que, de nos jours, nous avons tout en commun avec l'Amérique, hormis, bien entendu, le langage. Son fils aîné, baptisé Washington par ses parents dans un moment de patriotisme qu'il n'avait jamais cessé de regretter, était un jeune homme blond, plutôt joli garçon, qui s'était qualifié pour la diplomatie en conduisant le cotillon au casino de Newport pendant trois saisons consécutives et qui, même à Londres, avait la réputation d'un excellent danseur.

Les gardénias et les aristocrates étaient sa seule faiblesse. Pour le reste, il était extrêmement sensé. Miss Virginia E. Otis était une petite demoiselle de quinze ans, svelte et ravissante comme une biche avec de grands yeux bleus où se lisait un fort penchant pour la liberté. C'était une merveilleuse amazone et elle avait un jour défié le vieux lord Bilton à la course sur son poney. Après deux tours de parc, elle avait gagné d'une longueur et demie juste devant la statue d'Achille aux suprêmes délices du jeune duc de Cheshire qui lui avait demandé sa main sur-le-champ et avait été renvoyé par ses tuteurs le soir même à Eton dans un déluge de larmes. Après Virginia, venaient les jumeaux, généralement appelés Stars and Stripes en raison des corrections répétées qu'ils ne cessaient de recevoir. C'étaient des garçons délicieux et, mis à part l'estimable ministre, les seuls vrais républicains de la famille.

Canterville Chase étant situé à dix kilomètres environ d'Ascot, la plus proche station de chemin de fer, M. Otis avait télégraphié pour qu'une voiture vînt les chercher et ils prirent la route de la meilleure humeur. C'était par une très belle journée de juillet et l'air était embaumé de la senteur délicate des bois de pins. De temps en temps, ils entendaient un pigeon ramier roucouler doucement ou entrevoyaient dans les fougères bruissantes le poitrail cuivré d'un faisan. De petits écureuils les regardaient passer, perchés sur les branches des hêtres, et les lapins détalaient dans les taillis et par-dessus les tertres moussus, leurs courtes queues blanches dressées en l'air. Alors qu'ils s'engageaient dans l'allée d'accès de Canterville Chase, le ciel se chargea soudain de nuages ; un calme étrange parut se répandre dans l'atmosphère, un grand vol de corneilles fila au-dessus de leurs têtes et, avant qu'ils eussent atteint la maison, quelques grosses gouttes de pluie se mirent à tomber.

Debout sur les marches pour les recevoir se tenait une vieille femme, vêtue de manière stricte de soie noire avec une coiffe et un tablier blancs. C'était Mme Umney, la gouvernante que Mme Otis avait consenti à maintenir dans sa position antérieure à la demande expresse de lady Canterville. Comme ils descendaient de voiture, elle leur fît à chacun une révérence profonde et, d'une voix affable, déclara à l'ancienne mode :

— Je vous souhaite la bienvenue à Canterville Chase.

À sa suite, ils traversèrent le magnifique hall Tudor et entrèrent dans la bibliothèque, une longue pièce basse lambrissée de chêne sombre à l'extrémité de laquelle s'encadrait une large fenêtre garnie de vitraux… Là, ils trouvèrent le thé préparé à leur intention et, après avoir ôté leur manteau, ils s'assirent et se mirent à regarder tout autour d'eux pendant que Mme Umney les servait.

Soudain, Mme Otis aperçut une tache rougeâtre sur le parquet et, sans la moindre idée de ce qu'elle pouvait signifier, elle dit à Mme Umney :

— Je crains qu'on n'ait renversé quelque chose par terre.

— Oui, madame, répondit la vieille servante à voix basse. Le sang a été répandu à cet endroit.

— Quelle horreur ! s'écria Mme Otis. Une tache de sang dans un salon. C'est inadmissible. Il faut la nettoyer tout de suite.

La vieille femme sourit et répondit de la même voix confidentielle :

— C'est le sang de lady Eleanore de Canterville qui a été assassinée ici même par son mari, sir Simon de Canterville, en 1575.

Sir Simon lui a survécu neuf ans et il a disparu dans des circonstances très mystérieuses. Son corps n'a jamais été retrouvé mais son esprit coupable continue à hanter le manoir. La tache de sang a été très admirée par des touristes et plusieurs autres visiteurs, et elle est ineffaçable.

— Tout ça ne tient pas debout ! s'exclama Washington Otis. Le Détachtou et le Superdétersif Pinkerton la feront disparaître en un clin d'œil.

Et, avant que la gouvernante terrifiée ait pu intervenir, il se laissa tomber à genoux et se mit à frotter le sol avec une sorte de bâtonnet qui ressemblait à un fard noir. Quelques instants plus tard, toute trace de la tache de sang s'était effacée.

— Je savais bien que Pinkerton ferait l'affaire, s'exclama-t-il, triomphant, tourné vers les membres de sa famille admiratifs, mais à peine avait-il prononcé ces mots qu'un violent éclair illuminait la pièce tandis qu'un fracas de tonnerre les faisait se dresser tous d'un bond et que Mme Umney s'évanouissait.

— Quel climat impossible ! dit le ministre américain d'un ton calme tout en allumant un long cigare de Manille. J'ai l'impression que ce vieux pays est tellement surpeuplé qu'il est incapable de fournir un temps convenable à tout le monde. D'ailleurs, j'ai toujours pensé que la seule solution pour l'Angleterre, c'était l'émigration.

— Mon cher Hiram, s'écria Mme Otis, qu'allons-nous faire d'une femme qui tombe en pâmoison ?

— Opérer une retenue sur ses gages, répondit le ministre. Ensuite, elle n'y tombera plus.

Et, en effet, quelques instants plus tard, Mme Umney revint à elle.

Elle n'en était pas moins extrêmement perturbée et elle avertit avec gravité M. Otis qu'il devait se méfier des malheurs éventuels qui pourraient s'abattre sur la maison.

— J'ai vu certaines choses de mes propres yeux, monsieur, dit-elle, des choses qui feraient dresser les cheveux sur la tête de n'importe quel chrétien. Et pendant bien des nuits, je n'ai pas pu dormir à cause des événements terribles qui ont eu lieu ici.

Cependant, M. Otis et sa femme assurèrent avec conviction à cette âme pure qu'ils n'avaient pas peur des fantômes et, après avoir invoqué l'intercession de la Providence en faveur de ses nouveaux maîtres et négocié une augmentation de salaire, la vieille gouvernante repartit à petits pas vers sa chambre.

2

L'orage se déchaîna toute la nuit, mais il n'arriva rien de particulier. Le lendemain matin toutefois, quand ils descendirent prendre leur petit déjeuner, la terrible tache de sang était revenue sur le sol.

— Ça ne peut pas être la faute du Superdétersif, dit Washington, car je l'ai essayé sur tout. Ça doit être le fantôme.

En conséquence, il effaça une seconde fois la tache, mais le matin suivant elle était réapparue, et il en fut de même le troisième jour ; pourtant M. Otis en personne avait fermé à double tour la porte de la bibliothèque et était monté se coucher en emportant la clef.

La famille au complet était maintenant très intéressée par cette énigme. M. Otis commença à se demander s'il n'avait pas été trop dogmatique dans sa façon de nier l'existence des fantômes. Mme Otis émit l'intention de s'inscrire à la Société de psychisme, et Washington élabora une longue lettre destinée à MM. Myers et Podmore sur la question de la persistance des Taches Sanglantes ressortissant aux crimes. Cette nuit-là, les doutes concernant l'existence objective des apparitions furent balayés à jamais.

La journée avait été chaude et ensoleillée et, dans la fraîcheur du soir, toute la famille était sortie se promener en voiture. Ils ne rentrèrent pas avant neuf heures du soir et prirent un souper léger. Il ne fut pas un instant question de fantôme au cours du repas, si bien que ces conditions premières de réceptivité qui précèdent souvent la manifestation de phénomènes psychiques n'intervinrent pas. Les sujets débattus — ainsi que je l'ai appris depuis par la bouche de Mme Otis — se limitèrent à ceux qui constituent la conversation courante d'Américains cultivés de la classe la plus élevée, tels que l'immense supériorité de miss Fanny Davenport sur Sarah Bernhardt comme actrice, la difficulté d'obtenir des épis de maïs vert, des galettes de sarrasin et de la purée de maïs, même dans les meilleures maisons anglaises ; l'importance de Boston dans le développement de la spiritualité mondiale ; les avantages du système d'enregistrement des bagages dans les voyages en chemin de fer, et la douceur de l'accent new-yorkais comparé au ton traînant des Londoniens.

Aucune allusion ne fut faite au surnaturel ni à sir Simon de Canterville. À onze heures, la famille se retira et, une demi-heure après, toutes les lumières étaient éteintes. Quelque temps plus tard, M. Otis fut réveillé par un bruit curieux dans le couloir à hauteur de sa chambre. On eût dit un tintement de métal qui semblait se rapprocher peu à peu. M. Otis se leva aussitôt, gratta une allumette et consulta sa montre. Il était exactement une heure. M. Otis était très calme ; il prit son pouls qui n'avait rien de fébrile. Les sons étranges se prolongeaient et, s'y ajoutant, M. Otis perçut distinctement un bruit de pas. Il chaussa ses pantoufles, sortit une petite fiole oblongue de sa valise et ouvrit la porte. Juste devant lui, dans un pâle rayon de lune, se tenait un vieil homme d'aspect terrible. Ses yeux étaient aussi rouges que des charbons ardents. Ses longs cheveux lui tombaient sur les épaules en mèches entremêlées. Ses vêtements de coupe antique étaient souillés et déchirés ; à ses poignets et ses chevilles pendaient de pesants fers mangés de rouille.

— Cher monsieur, dit M. Otis, je vous prie instamment de huiler vos chaînes ; je vous ai apporté dans ce but une petite bouteille de lubrifiant indien. On le dit d'une parfaite efficacité après une seule application et l'emballage comporte plusieurs témoignages en ce sens dus à quelques-uns de nos plus éminents ecclésiastiques. Je vais vous le laisser ici à côté des quinquets et je serai heureux de vous en fournir un peu plus si vous en avez besoin.

Sur ces mots, le ministre des États-Unis posa le flacon sur une console de marbre et, refermant la porte, regagna son lit.

Un instant, le fantôme de Canterville resta immobile, figé par l'indignation ; puis, projetant avec violence la bouteille sur le parquet luisant, il s'élança le long du couloir en poussant des grognements caverneux et en émettant une affreuse lumière verdâtre. Cependant, comme il parvenait au sommet du grand escalier de chêne, une porte s'ouvrit à la volée, deux petites silhouettes drapées de blanc apparurent et un énorme oreiller lui frôla la tête. Il n'y avait de toute évidence pas une seconde à perdre, aussi, optant, dans le but de s'éclipser, pour la quatrième dimension de l'espace, il s'évanouit à travers les boiseries et le calme revint dans la maison.

Comme il atteignait une petite chambre secrète dans l'aile gauche, il s'appuya contre un rayon de lune pour reprendre son souffle et tenta de faire le point sur sa situation. Jamais, au cours d'une brillante carrière ininterrompue de trois cents ans, il n'avait été aussi grossièrement insulté. Il songea à la duchesse douairière qu'il avait tant effrayée en apparaissant dans le miroir où elle se regardait avec ses dentelles et ses diamants ; aux quatre caméristes prises d'hystérie lorsqu'il se contentait de leur grimacer un sourire à travers les rideaux d'une des chambres d'amis ; au recteur de la paroisse dont il avait soufflé la chandelle tandis qu'il rentrait très tard une nuit de la bibliothèque et qui depuis, ravagé de tics nerveux, était resté le patient de sir William Guil ; à la vieille Mme de Trémouillac qui, réveillée de bonne heure un matin, avait vu un squelette assis dans un fauteuil près du feu, plongé dans la lecture de son journal intime, et avait été condamnée à garder le lit durant six semaines en proie à une fièvre cérébrale et s'était, une fois remise, réconciliée avec l'Église et avait rompu tous rapports avec le scandaleux et mécréant M. de Voltaire.

Il se souvint de la terrible nuit où le pervers lord Canterville avait été trouvé suffoquant dans son cabinet de toilette avec un valet de carreau coincé en travers de la gorge et avait avoué juste avant de mourir qu'il avait triché au jeu à l'aide de cette carte et extorqué chez Crockford cinquante mille livres à Charles James Fox et juré ensuite que le fantôme l'avait forcé à l'avaler. Tous ces hauts faits lui revenaient en mémoire, depuis le maître d'hôtel qui s'était tué d'un coup de pistolet dans l'office parce qu'il avait vu une main verte taper à la vitre, jusqu'à la belle lady Stutfield qui était toujours obligée de porter un tour de cou en velours noir pour cacher la brûlure laissée par cinq doigts sur sa gorge blanche, et qui avait fini par se noyer dans l'étang aux carpes à l'extrémité de l'Allée Royale. Avec l'égotisme enthousiaste propre aux vrais artistes, il passa en revue ses coups d'éclat les plus réussis et sourit amèrement au souvenir de sa dernière apparition dans le rôle de « Ruben le Rouge ou le Nourrisson étranglé », de ses débuts comme « Gédéon l'Émacié, le suceur de sang de Bexley Moor », et la furore qu'il avait déclenchée par un beau soir de juin en jouant aux quilles avec ses propres os sur un court de tennis. Et, après tout cela, de misérables Américains modernes allaient se permettre de lui offrir du lubrifiant indien et de lui lancer des oreillers à la tête. C'était proprement intolérable. D'ailleurs, jamais aucun fantôme n'avait été traité de cette manière dans l'histoire. En conséquence, il résolut de se venger et resta jusqu'au jour immobile, plongé dans une profonde méditation.

3

Le lendemain matin, quand les membres de la famille Otis se retrouvèrent réunis pour le petit déjeuner, ils discutèrent longuement du fantôme. Le ministre des États-Unis était naturellement un peu dépité en constatant que son cadeau avait été dédaigné.

— Je ne souhaite causer aucun mal à ce fantôme, déclara-t-il, et je dois dire que depuis le temps qu'il hante la maison, je pense qu'il n'est guère poli de lui lancer des oreillers.

Remarque très juste qui, j'ai le regret de le dire, déclencha une crise d'hilarité chez les jumeaux.

— D'autre part, continua-t-il, s'il refuse vraiment de se servir de lubrifiant indien, il faudra que nous lui enlevions ses chaînes. Il est tout à fait impossible de dormir avec ce raffut dans les couloirs.

Rien toutefois ne vint les troubler durant le reste de la semaine ; le seul détail qui attira leur attention fut la réapparition continuelle de la tache de sang sur le parquet de la bibliothèque. Ce phénomène était à coup sûr singulier puisque la porte était toujours fermée la nuit par M. Otis et les fenêtres soigneusement closes. Par ailleurs, la couleur de la tache de sang, qui changeait aussi souvent que celle d'un caméléon, suscitait des commentaires. Certains matins elle était terne, presque brunâtre, puis elle passait au vermillon, puis à une riche nuance pourpre et, une fois, alors qu'ils descendaient pour dire les prières familiales selon les rites simples de la libre Église réformée épiscopalienne américaine, ils la trouvèrent d'un vert émeraude éclatant. Ces changements kaléidoscopiques amusaient toute la famille et les paris étaient ouverts chaque soir à ce sujet.

La seule personne qui n'entrait pas dans le jeu était la petite Virginia qui, pour quelque raison inexpliquée, était toujours perturbée à la vue de la tache de sang et qui, le matin où elle vira au vert émeraude, faillit fondre en larmes.

La seconde apparition du fantôme eut lieu un dimanche soir. Peu après être allés se coucher, les Otis furent subitement mis en alerte par un terrible fracas dans le hall. Ils se précipitèrent au bas des marches et constatèrent qu'une énorme armure ancienne s'était détachée de son socle pour s'éparpiller sur les dalles de pierre tandis que le fantôme de Canterville, assis dans un fauteuil à haut dossier droit, se frictionnait les genoux avec une expression de douleur aiguë sur les traits. Les jumeaux, qui s'étaient munis de leurs sarbacanes, tirèrent immédiatement deux boulettes sur lui avec cette précision qui ne peut être atteinte que grâce à une pratique assidue et prolongée sur la personne d'un maître d'école, tandis que le ministre des États-Unis, son revolver braqué sur l'intrus, lui intimait selon l'étiquette californienne l'ordre de lever les bras. Le fantôme se dressa avec un cri de rage aigu, il se précipita sur eux et les traversa comme un lambeau de brume, éteignant au passage la bougie de Washington Otis et les plongeant ainsi dans une obscurité totale.

Parvenu au sommet de l'escalier, il se ressaisit et résolut de recourir à son célèbre éclat de rire satanique. Plus d'une fois, ce procédé lui avait été fort utile. C'était lui qui, disait-on, avait fait virer au gris en une seule nuit la perruque de lord Raker et qui avait certainement décidé trois des gouvernantes françaises de lady Canterville à plier bagages bien avant la fin du mois.

Il émit donc son ricanement le plus atroce jusqu'à ce qu'il résonnât et se répercutât contre l'antique voûte de plafond, mais à peine le terrifiant écho s'était-il éteint qu'une porte s'ouvrait et que Mme Otis surgissait, vêtue d'une robe de chambre bleu pâle.

— Je crains que vous ne soyez bien mal en point, dit-elle. Voici donc un flacon de l'élixir du Dr Dabell. S'il s'agit d'une indigestion, ce remède vous fera le plus grand bien.

Le fantôme, furieux, la foudroya du regard et prit aussitôt ses dispositions pour se transformer en un énorme chien noir, opération pour laquelle il était justement renommé et que le médecin de famille avait toujours jugée responsable de l'état d'idiotie permanent de l'oncle de lord Canterville, l'honorable Thomas Horton. Un bruit de pas qui se rapprochait le fit toutefois hésiter et il se contenta de devenir légèrement phosphorescent pour disparaître avec un grognement sépulcral à l'instant où les jumeaux le rejoignaient.

Une fois dans sa chambre, il sombra dans le marasme et devint la proie d'une violente agitation. La vulgarité des jumeaux, le matérialisme grossier de Mme Otis étaient, bien entendu, odieux, mais ce qui le démoralisait le plus, c'était sa totale inaptitude à revêtir la cotte de mailles. Il avait espéré que même des Américains modernes vibreraient à la vue d'un spectre en armure, ne fût-ce, à défaut de motif plus sensé, que par respect pour leur poète national, Longfellow, dont la poésie gracieuse et élégante lui avait allégé bien des heures de dépression pendant les séjours des Canterville à Londres. D'autant que c'était sa propre armure. Il l'avait glorieusement portée au tournoi de Kenilworth et elle lui avait valu les plus vifs compliments de la Reine Vierge en personne.

Et pourtant, quand il avait essayé de l'endosser, il avait été complètement écrasé par le poids de la cotte d'armes et du bassinet et il était tombé lourdement sur le dallage de pierre, s'écorchant les genoux et s'éraflant les jointures de la main droite.

Durant plusieurs jours après cette mésaventure, gravement malade, il ne sortit guère de son refuge, sinon pour assurer le bon entretien de la tache de sang. Cependant, à force de se prodiguer à lui-même des soins attentifs, il se rétablit et résolut de faire une troisième tentative pour effrayer le ministre des États-Unis et toute sa famille. Il choisit le vendredi 17 août pour apparaître et passa la plus grande partie de la journée à inspecter sa garde-robe. Finalement, il opta pour un vaste chapeau de feutre aux larges bords rabattus orné d'une plume rouge, un linceul plissé aux poignets et au col et une dague rouillée. Vers le soir un violent orage éclata accompagné de trombes d'eau ; le vent soufflait avec une telle violence que toutes les portes et les fenêtres de la vieille demeure grinçaient et battaient à qui mieux mieux. En fait, c'était exactement le temps que le fantôme préférait. Son plan d'action était le suivant : il allait pénétrer sans bruit dans la chambre de Washington Otis, l'abreuver d'invectives incompréhensibles et le poignarder trois fois à la gorge au son d'une musique lente. Il gardait une dent particulière contre Washington, n'ignorant pas que c'était lui qui effaçait chaque jour la tache de sang avec le Superdétersif Pinkerton. Après avoir plongé ce godelureau sans cervelle dans un état de terreur abjecte, il se rendrait dans la chambre occupée par le ministre des États-Unis et sa femme et poserait une main glaciale et visqueuse sur le front de Mme Otis, tout en chuchotant d'une voix sifflante à l'oreille de son mari les terribles secrets du caveau de famille.

Vis-à-vis de la petite Virginia, il n'avait pas encore arrêté de décision. Jamais elle ne l'avait insulté et elle était jolie et gentille. Quelques gémissements lugubres du fond de l'armoire, se dit-il, seraient plus que suffisants pour la réveiller, sinon il pourrait tirailler sur son édredon à petits coups saccadés. Quant aux jumeaux, il était bien résolu à leur donner une leçon. La première chose à faire était de s'asseoir sur leur poitrine pour leur faire éprouver une sensation d'étouffement cauchemardesque. Ensuite, comme leurs lits étaient tout proches l'un de l'autre, de se tenir entre eux sous la forme d'un cadavre vert et glacé jusqu'à ce qu'ils soient paralysés de peur, enfin de rejeter son linceul et tourner lentement autour de la pièce avec ses os blanchis et un œil roulant au creux de l'orbite dans le rôle de « Daniel le Muet » ou « Le Squelette du suicidé », rôle dans lequel il avait plus d'une fois fait un effet spectaculaire et qu'il considérait comme égal à celui de « Martin le Dément » ou « Le Mystère Masqué ».

À dix heures et demie, il entendit la famille qui montait se coucher. Pendant un moment, il fut dérouté par les hurlements de rires aigus des jumeaux qui, avec leur insouciante gaieté d'écoliers, batifolaient avant de se mettre au lit mais, à onze heures un quart, tout était calme et, lorsque minuit sonna, il s'élança. Le hibou se mit à voleter aux carreaux, le corbeau à croasser en haut du vieil if et le vent à gémir et à se lamenter autour de la maison comme une âme perdue ; mais les membres de la famille Otis dormaient, inconscients de leur destin et, très haut par-dessus la pluie et les rugissements de la tempête, le fantôme entendit les ronflements sonores du ministre des États-Unis.

Il émergea sans bruit des boiseries avec un sourire mauvais sur ses lèvres cruelles et la lune se voila la face derrière un nuage comme il se glissait devant la grande fenêtre en encorbellement où étaient blasonnées en azur et or ses armes et celles de sa femme assassinée. Il continua à se faufiler comme une ombre maléfique et l'obscurité même semblait prise de répulsion à son passage. À un moment, il crut entendre un appel et s'immobilisa, mais ce n'était que l'aboiement d'un chien de la Ferme Rouge et il se remit en marche, marmonnant d'étranges blasphèmes du XVIe siècle et brandissant de temps à autre sa dague rouillée. Enfin, il parvint à l'angle du couloir qui menait à la chambre de l'infortuné Washington. Un instant il s'y arrêta, tandis que le vent faisait voleter ses longues mèches grises autour de sa tête et tordait en plis bizarres l'horreur sans nom de son linceul funèbre. Puis la pendule sonna le quart et il jugea que le moment était venu. Avec un petit rire sarcastique, il tourna le coin. Mais à peine l'avait-il fait qu'il vacilla en arrière avec un pitoyable cri de terreur, et cacha son visage livide derrière ses longues mains osseuses. Droit devant lui se dressait un horrible spectre, immobile telle une statue, aussi hideux que le cauchemar d'un fou ! Son crâne était chauve et poli, son visage rond gras et blanc ; un rire atroce semblait s'être figé à jamais sur ses traits grimaçants. Les yeux projetaient des rayons de lumière sanglante, la bouche était un large puits de feu, et un affreux vêtement, semblable au sien, drapait de ses plis neigeux sa silhouette de Titan. Sur sa poitrine, une pancarte portait des mots écrits en caractères archaïques, quelque attestation ignominieuse, semblait-il, quelque liste de péchés atroces, quelque funeste éphéméride du crime et, dans sa main droite, il brandissait une large épée d'acier luisant.

N'ayant jamais vu de fantôme, il fut naturellement terrifié et, après un deuxième coup d'œil furtif à l'horrible question, il se sauva jusqu'à sa chambre, trébuchant dans les plis de son suaire et lâchant dans sa course sa dague dans les hautes bottes du ministre où elle fut retrouvée au matin par le maître d'hôtel. Une fois en sûreté dans son refuge, il se jeta sur son étroite paillasse et rabattit son voile blanc sur sa tête. Au bout d'un moment toutefois, la vieille tradition de vaillance chevaleresque des Canterville reprit le dessus et il résolut d'aller trouver l'autre fantôme dès qu'il ferait jour. Ainsi, à peine les lueurs argentées de l'aube avaient-elles effleuré les collines qu'il retournait vers ce lieu où l'abominable spectre lui était apparu, tout en songeant qu'après tout, deux fantômes valaient mieux qu'un et qu'avec l'aide de son nouvel ami, il pourrait plus sûrement s'en prendre aux jumeaux. Mais, comme il atteignait l'angle du couloir, une angoissante vision frappa son regard. Il était de toute évidence arrivé quelque chose au spectre, car la lumière était totalement éteinte dans ses yeux caves, le glaive luisant lui était tombé des mains et il était adossé de guingois au mur dans une position insolite. Il se ruait en avant pour ceinturer son adversaire quand il vit la tête de celui-ci tomber et rouler par terre tandis que le corps s'affaissait, et il se retrouva cramponné à une courtine de basin blanc, avec un balai, un couperet de cuisine et un gros navet creux gisant à ses pieds. Incapable de comprendre cette singulière métamorphose, il empoigna la pancarte avec une hâte fébrile et, à la lumière grisâtre du matin, il lut ces mots :

LE FANTÔME OTIS
Unique modèle déposé
garanti d'origine
Méfiez-vous des contrefaçons

En un éclair, il comprit tout. Il avait été joué, trompé, dupé. Alors la vieille intrépidité des Canterville brilla dans son regard ; il grinça de ses gencives édentées et, levant ses mains ridées très haut au-dessus de sa tête, il jura, selon la pittoresque phraséologie de la vieille école, que lorsque Chantecler aurait allègrement sonné du cor par deux fois, des crimes de sang seraient perpétrés et le Meurtre, à pas silencieux, se mettrait en marche.

À peine avait-il achevé ce terrible serment qu'un coq chanta sur le toit de tuiles rouges d'une ferme lointaine. Il laissa échapper un long rire étouffé chargé d'amertume et attendit. Heure après heure, il attendit, mais le coq, pour quelque raison étrange, ne rechanta pas… Enfin, à sept heures et demie, l'arrivée des femmes de chambre l'obligea à abandonner sa veille et il regagna dignement son refuge, ruminant ses espérances déçues et ses objectifs manqués. Puis il entreprit de consulter divers ouvrages de chevalerie antique, ses lectures de prédilection, et découvrit que, chaque fois qu'il avait été invoqué par serment, Chantecler avait toujours chanté une seconde fois.

— La peste étouffe cette maudite volaille, marmonna-t-il. Il fut un temps où, de mon fidèle épieu, je lui aurais transpercé le bréchet et fait chanter pour moi seul jusqu'à ce que mort s'ensuive.

Sur quoi, il alla s'allonger dans son douillet cercueil de plomb et y demeura jusqu'au soir.

4

Le jour suivant, le fantôme se sentait faible et fatigué. La terrible agitation qu'il avait connue au cours des quatre dernières semaines commençait à faire son effet. Il avait les nerfs absolument à vif et sursautait au moindre bruit. Durant cinq jours, il garda la chambre et, réflexion faite, il renonça à l'entretien de la tache de sang sur le sol de la bibliothèque. Si la famille Otis n'en voulait pas, c'était donc qu'elle ne la méritait pas. De toute évidence, ces gens vivaient dans un univers bassement matérialiste et étaient tout à fait incapables d'apprécier la valeur symbolique de phénomènes sensoriels. La question des apparitions fantasmagoriques et la formation des corps astraux était, bien entendu, d'une tout autre nature et elle échappait à son contrôle. Il était de son devoir absolu d'apparaître dans les couloirs une fois par semaine et d'émettre des cris inarticulés à la grande fenêtre en encorbellement, le premier et le troisième mercredi de chaque mois, et il ne voyait pas comment il aurait pu se soustraire honorablement à ses obligations. Il était vrai qu'il avait mené une vie détestable mais, d'un autre côté, en ce qui concernait le domaine surnaturel, il était consciencieux à l'excès. Les trois samedis suivants, en conséquence, il suivit le couloir entre minuit et trois heures, prenant toutes les précautions possibles pour n'être ni vu ni entendu. Il ôtait ses souliers, marchait à pas aussi légers que possible sur les lattes vermoulues du plancher, portait une grande cape de velours noir et veillait à utiliser le lubrifiant indien pour huiler ses chaînes. Je dois avouer que ce n'est pas sans beaucoup de répugnance qu'il se contraignit à se servir de ce produit. Cependant, un soir, tandis que la famille était en train de dîner, il se faufila dans la chambre de Mme Otis et emporta la bouteille.

Sur le coup, il se sentit un peu humilié mais, par la suite, il fut assez avisé pour admettre que cette invention avait beaucoup de bon et que, jusqu'à un certain point, elle servait ses desseins. Mais en dépit de tout, il ne s'en tira pas sans dommage. Constamment, il rencontrait des ficelles tendues en travers du couloir sur lesquelles il butait dans l'obscurité et, une nuit, alors qu'il s'habillait en vue d'interpréter le rôle d'« Isaac le Noir ou le Chasseur du bois d'Hogley », il avait fait une très mauvaise chute en glissant sur une planche inclinée enduite de beurre que les jumeaux avaient disposée devant l'entrée de la Salle aux Tapisseries en haut du grand escalier de chêne. Ce dernier affront l'avait mis dans une telle rage qu'il avait résolu de réaffirmer sa dignité et décidé d'aller rendre visite aux jeunes insolents etoniens la nuit suivante dans son fameux rôle de « Rupert le Téméraire ou le Comte sans tête ».

Il n'était pas apparu sous cette forme depuis plus de soixante-dix ans ; en fait, pas depuis qu'ainsi déguisé il avait tant effrayé lady Barbara Modish qu'elle avait brusquement rompu ses fiançailles avec le grand-père de l'actuel lord Canterville et s'était enfuie à Gretna Green avec le beau Jack Castleton en déclarant que rien ne pourrait l'inciter à prendre époux dans une famille qui permettait à un fantôme aussi horrible de se promener sur la terrasse au crépuscule. Plus tard, le pauvre Jack avait été tué en duel par lord Canterville dans le parc de Wandsworth et lady Barbara était morte de chagrin à Tunbridge Wells avant que l'année fût écoulée, si bien qu'à tous égards, on pouvait parler d'un succès complet.

C'était toutefois une « composition » très difficile à réaliser, si je puis appliquer une expression aussi scénique à l'un des plus grands mystères du monde surnaturel ou, pour avoir recours à un terme plus scientifique, le monde supranaturel, et il lui fallut trois bonnes heures pour achever ses préparatifs.

Enfin, tout fut prêt et il était enchanté de son aspect. Les hautes bottes de cuir qui faisaient partie de son costume étaient un peu trop grandes pour lui et il ne put trouver qu'un seul des deux pistolets d'arçon mais, dans l'ensemble, il était satisfait et, à une heure et quart, il traversa la boiserie et commença à longer le couloir à pas comptés. Comme il atteignait la chambre occupée par les jumeaux qui, je dois le préciser, était appelée la Chambre Bleue en raison de la couleur de ses tentures, il trouva la porte entrebâillée. Désireux de faire une entrée spectaculaire, il poussa brusquement le panneau et reçut un lourd broc d'eau qui l'inonda et lui manqua l'épaule gauche d'un cheveu. Au même instant, il entendit des hurlements de rire étouffés qui venaient des deux lits à baldaquin. La surprise lui causa un tel choc nerveux que, dans une fuite éperdue, il courut s'enfermer dans sa chambre où, le jour suivant, il se trouva cloué au lit par une grippe sévère. Du moins dans son malheur eut-il une consolation. Il avait laissé sa tête chez lui, car s'il l'avait mise sur ses épaules, les conséquences auraient pu être dramatiques pour lui.

Ayant désormais renoncé à tout espoir d'effrayer cette grossière famille d'Américains, il se contenta, pour la bonne règle, de rôder dans les couloirs avec des chaussons de lisière aux pieds, une épaisse écharpe rouge autour du cou contre les courants d'air et armé d'une petite arquebuse au cas où il serait attaqué par les jumeaux. Ce fut le 19 septembre qu'il reçut le coup de grâce. Il était descendu dans le grand hall d'entrée, certain de ne pas y être molesté, et il s'amusait à ironiser sur les grandes photos du ministre des États-Unis et de sa femme, signées Saroni, qui avaient maintenant pris la place des portraits d'ancêtres de la famille Canterville.

Il était vêtu simplement mais avec élégance d'un long linceul souillé de terre de cimetière, avait attaché sa mâchoire avec une bande de tissu jaune et portait une petite lanterne ainsi qu'une bêche de fossoyeur. En fait, il était déguisé en « Jonas le Déterré ou le Voleur de Cadavres de Cherney Barn », une de ses créations les plus remarquables, création dont les Canterville avaient toute raison de se souvenir, car c'était là la véritable origine de leur querelle avec leur voisin, lord Rufford. Il était environ deux heures et demie du matin et, pour autant qu'il pouvait en juger, rien ni personne ne bougeait. Comme il s'approchait de la bibliothèque pour voir s'il restait quelque trace de la tache de sang, soudain lui sautèrent dessus, surgies d'un coin sombre, deux silhouettes qui agitaient frénétiquement les bras au-dessus de leur tête en lui hurlant « Bouh ! » à l'oreille.

Pris de panique — ce qui dans sa situation était rien moins que naturel — il se rua vers l'escalier mais se heurta à Washington Otis qui l'attendait avec le grand pulvérisateur du jardin. Ainsi cerné de tous côtés par ses ennemis et presque à leur merci, il s'évanouit dans l'énorme poêle de fonte qui, par bonheur pour lui, n'était pas allumé et, réduit à battre en retraite en se faufilant dans les conduits et les cheminées, il parvint chez lui dans un affreux état de saleté, de désordre et de désespoir.

Par la suite on ne le revit plus jamais s'aventurer dans une expédition nocturne. À plusieurs occasions, les jumeaux le guettèrent et semèrent chaque soir les couloirs de coquilles de noix au grand dam de leurs parents et des domestiques, mais sans résultat. Il était évident que le fantôme était à ce point blessé qu'il ne réapparaîtrait plus.

En conséquence, M. Otis se remit à sa grande œuvre sur l'histoire du parti démocrate à laquelle il s'était attelé depuis plusieurs années déjà. Mme Otis organisa un somptueux raout qui émerveilla tout le comté. Les garçons jouaient au hockey, au mistigri, au poker, et Virginia faisait du poney dans les allées du parc, escortée par le jeune duc de Cheshire qui était venu passer la dernière semaine de ses vacances à Canterville Chase. Il était généralement admis que le fantôme s'en était allé et, pour tout dire, M. Otis écrivit une lettre en ce sens à lord Canterville qui, en réponse, lui fit part de tout le plaisir que lui causait cette nouvelle et envoya ses meilleurs compliments à la digne épouse du ministre.

Les Otis se trompaient cependant, car le fantôme était toujours dans la maison et, quoique maintenant à demi invalide, n'était nullement disposé à abandonner la partie, en particulier lorsqu'il apprit que parmi les invités se trouvait le jeune duc de Cheshire dont le grand-oncle, lord Francis Stilton, avait naguère parié cent guinées avec le colonel Carbury qu'il jouerait aux dés avec le fantôme de Canterville et avait été découvert le lendemain matin gisant sur le sol du fumoir dans un tel état d'aphasie que, en dépit d'une longévité remarquable, il n'avait plus jamais été capable de dire autre chose que « Double Six ! ». L'histoire avait fait grand bruit à l'époque, encore que, bien entendu, par respect pour les sentiments des deux nobles familles, tout avait été tenté pour la garder secrète, et l'on pourra trouver un exposé détaillé de toutes les circonstances qui avaient entouré l'affaire dans le troisième volume des Souvenirs du prince régent et de ses amis, de lord Tattle. Le fantôme tenait donc beaucoup à montrer qu'il n'avait pas perdu son influence sur les Stilton dont il était en vérité un parent éloigné, sa première cousine germaine ayant épousé en secondes noces le sieur de Bulkeley, dont, comme chacun sait, descendait la lignée des ducs de Cheshire.

Il prit en conséquence ses dispositions pour apparaître au jeune soupirant de Virginia sous son aspect du « Moine Vampire ou Bénédictin Exsangue », une apparition tellement horrible que, lorsque la vieille lady Startup en avait été témoin, elle s'était mise à pousser des cris perçants qui, à leur paroxysme, avaient déclenché chez elle une crise d'apoplexie et qu'elle était morte dans les trois jours, après avoir déshérité les Canterville, ses plus proches parents, et laissé toute sa fortune à son apothicaire de Londres. Au dernier moment, malgré tout, la terreur que lui inspiraient les jumeaux l'empêcha de sortir de sa chambre et le petit duc dormit en paix sous le vaste dais emplumé de la chambre royale où il rêva de Virginia.

5

Quelques jours après, Virginia et son chevalier servant aux cheveux bouclés chevauchaient dans les prés de Brockley. En franchissant une haie, Virginia fit un tel accroc à son habit qu'elle résolut de rentrer dans la maison par l'escalier de service pour qu'on ne la voie pas. Comme elle traversait la Salle des Tapisseries dont la porte était ouverte, elle crut voir quelqu'un à l'intérieur et, pensant que c'était la femme de chambre de sa mère qui venait parfois s'installer là avec son ouvrage, elle jeta un coup d'œil dans la pièce pour lui demander de recoudre son habit. À son immense surprise, elle reconnut le fantôme de Canterville en personne ! Assis près de la fenêtre, il contemplait l'or finissant des frondaisons jaunies qui voletait dans l'air et les tourbillons dansants des feuilles rouges le long de la grande allée.

Le front penché au creux de sa main, toute son attitude trahissait une profonde détresse. En vérité, il paraissait si désemparé, si mal en point que la petite Virginia, dont la première idée avait été de se sauver pour s'enfermer à double tour dans sa chambre, se sentit tellement émue qu'elle résolut d'essayer de le consoler. Elle marchait d'un pas si léger que, dans son accablement, il ne s'aperçut pas de sa présence avant qu'elle ne lui ait adressé la parole.

— Je vous plains beaucoup, dit-elle, mais mes frères repartent pour Eton demain donc, si vous vous tenez tranquille, personne ne vous fera d'ennuis.

— Il est absurde de me demander de me tenir tranquille, répliqua-t-il, regardant, ébahi, cette ravissante enfant qui s'était risquée à lui parler. Totalement absurde. Je dois faire tinter mes chaînes, gémir par les trous de serrure et me promener la nuit, si c'est à cela que vous faites allusion.

C'est ma seule raison d'exister.

— Ce n'est pas du tout une raison d'exister et vous savez très bien que vous avez été très méchant. Mme Umney nous a dit, le jour de notre arrivée ici, que vous aviez tué votre femme.

— D'accord, je l'admets, dit le fantôme avec vivacité, mais c'était un problème purement familial et qui ne concernait personne d'autre.

— C'est très mal, de tuer les gens, dit Virginia qui faisait parfois preuve d'une charmante rigueur puritaine, héritée de quelque lointain ancêtre de Nouvelle-Angleterre.

— Oh, je déteste la misérable austérité de cette éthique abstraite ! Ma femme était très laide, mes fraises n'étaient jamais bien amidonnées et elle n'entendait rien à la cuisine. Tenez, je pense à ce daim que j'avais abattu dans le bois de Hogley, un superbe daguet, et savez-vous comment elle l'a fait servir à table ?… Enfin, peu importe. Tout ça est bien loin et, même si je l'avais tuée, je crois que ce n'était guère courtois de la part de ses frères de me laisser mourir de faim.

— Vous laisser mourir de faim ? Oh, monsieur le fantôme, je veux dire sir Simon, avez-vous faim ? J'ai un sandwich dans mon sac. Voulez-vous que je vous le donne ?

— Non, merci. Je ne mange plus rien maintenant, mais c'est très gentil de votre part et vous êtes beaucoup plus aimable que le reste de votre détestable famille, grossière, vulgaire, malhonnête.

— Arrêtez ! cria Virginia en tapant du pied. C'est vous qui êtes détestable et vulgaire et grossier. Quant à la malhonnêteté, vous savez très bien que vous avez volé mes tubes de peinture pour essayer de refaire cette tache de sang ridicule dans la bibliothèque.

D'abord, vous avez pris tous les rouges, y compris le vermillon, ce qui fait que je ne pouvais plus peindre de couchers de soleil, puis vous avez pris le vert émeraude et le jaune de chrome et, pour finir, il ne m'est resté que l'indigo et le blanc de Chine et je ne pouvais plus faire que des clairs de lune, ce qui est toujours déprimant à regarder et en plus très difficile à réussir. J'étais excédée et tout ça était vraiment ridicule, mais jamais je ne vous ai dénoncé. A-t-on jamais vu du sang vert émeraude ?

— Vous avez raison, dit le fantôme, l'air plutôt déconfit, mais qu'est-ce que je pouvais faire ? C'est très difficile de se procurer du vrai sang de nos jours, et c'est votre frère qui a commencé avec son superdétersif, je ne vois pas pourquoi, moi, je n'aurais pas pris vos peintures. Quant à la couleur, c'est toujours une affaire de goût. Les Canterville ont du sang bleu, par exemple, le plus bleu d'Angleterre, mais je sais bien que ce genre de détails ne vous intéresse pas, vous autres Américains.

— Vous ne savez rien du tout et ce que vous pourriez faire de mieux, ce serait d'émigrer et de vous cultiver un peu. Mon père sera trop heureux de vous offrir un voyage gratuit et, bien qu'il y ait des droits énormes à payer sur l'esprit-de-vin, vous n'aurez pas de problèmes à la douane car tous les employés sont démocrates. Une fois à New York, vous êtes sûr d'obtenir un énorme succès. Je connais des tas de gens qui donneraient cent mille dollars pour avoir un grand-père, alors, vous pensez, pour un fantôme de famille !

— Je ne crois pas que l'Amérique me plairait.

— Parce que nous n'avons pas de ruines ou de curiosités, je suppose ? dit Virginia d'un ton ironique.

— Pas de ruines ! Pas de curiosités ! s'exclama le fantôme.

Vous avez votre marine et vos manières.

— Bonsoir. Je vais aller demander à papa de s'arranger pour que les jumeaux aient une semaine de congé de plus.

— Je vous en prie, miss Virginia, ne partez pas ! s'écria-t-il. Je suis si seul et si malheureux. Et je ne sais vraiment pas quoi faire. Je voudrais dormir et je n'y arrive pas.

— Ça ne tient pas debout. Vous n'avez qu'à vous coucher et souffler la bougie. C'est quelquefois très difficile de rester éveillé, surtout à l'église. Voyons, même les bébés savent comment s'y prendre et ils ne sont pourtant pas bien malins.

— Je ne dors pas depuis trois cents ans, dit le fantôme, et les beaux yeux bleus de Virginia se dilatèrent d'étonnement. Trois cents ans que je n'ai pas fermé l'œil et je suis si fatigué.

Virginia prit un air très grave et ses lèvres fines frémirent comme des pétales de rose. Elle s'approcha, s'agenouilla à côté de lui et leva les yeux vers son vieux visage fripé.

— Pauvre, pauvre fantôme, murmura-t-elle. Vous n'avez vraiment aucun endroit où dormir ?

— Bien loin au-delà des pinèdes, répondit-il à voix basse et rêveuse, il y a un petit jardin. L'herbe y pousse haute et drue, les grandes étoiles blanches de la ciguë fleurissent, le rossignol y chante toute la nuit. Toute la nuit il chante, et la froide lune de cristal le regarde et les ifs étendent leurs ramures géantes au-dessus des dormeurs.

Les yeux de Virginia se remplirent de larmes et elle se cacha le visage dans les mains.

— Vous voulez dire le Jardin de la Mort, chuchota-t-elle.

— Oui, la mort.

La mort doit être si belle. Reposer dans la douce terre brune, avec l'herbe qui ondule au-dessus de votre tête et écouter le silence. Ne connaître ni hier ni lendemain. Oublier le temps, oublier la vie, être en paix. Vous pouvez m'aider, vous pouvez ouvrir pour moi les portes de la maison de la mort, car l'amour toujours vous accompagne et l'amour est plus fort que la mort.

Virginia se mit à trembler. Un frisson glacé la parcourut et pendant quelques instants régna le silence. Elle avait l'impression d'être plongée dans un terrible rêve.

Puis le fantôme reprit la parole et sa voix murmura comme un souffle de vent :

— Avez-vous jamais lu la vieille prophétie sur la fenêtre de la bibliothèque ?

— Oh, souvent, s'écria la petite fille en levant les yeux. Je la connais très bien ; elle est peinte en drôles de lettres noires et c'est difficile à lire. Elle n'a que six lignes.

Quand une fille aux cheveux d'or viendra
Qu'une prière aux lèvres du pécheur naîtra

Quand l'amandier stérile ses fruits prodiguera
Qu'une petite enfant ses larmes donnera
Alors dans la maison le calme renaîtra
Et Canterville enfin la paix retrouvera.

Mais je ne sais pas ce qu'elles signifient.

— Elles signifient, dit-il tristement, que vous devez pleurer pour mes péchés, parce que je n'ai pas de larmes, et prier pour mon âme, parce que je n'ai pas de foi et, si vous avez toujours été douce, bonne et gentille, l'Ange de la Mort aura pitié de moi.

Vous verrez des formes effrayantes dans l'obscurité et des voix maléfiques vous chuchoteront à l'oreille, mais elles ne vous toucheront pas car, contre la pureté d'une enfant, les puissances de l'Enfer sont désarmées.

Virginia ne répondit pas et le fantôme se tordit les mains de désespoir, les yeux baissés sur le casque d'or de sa tête inclinée. Soudain, elle se redressa, très pâle, avec une lueur étrange dans les yeux.

— Je n'ai pas peur, dit-elle avec fermeté, et je demanderai à l'ange d'avoir pitié de vous.

Il se leva de son siège avec un faible cri de joie, lui prit la main et, avec une grâce surannée, y déposa un baiser. Ses doigts étaient aussi froids que la glace et ses lèvres brûlaient comme le feu, mais Virginia n'eut pas d'hésitation tandis qu'il lui faisait traverser la pièce obscure. Les petits chasseurs qui ornaient la tapisserie aux tons vert fané se mirent à souffler dans leurs trompes festonnées de pompons et, de leurs mains minuscules, lui firent signe de battre en retraite : « Retourne en arrière, petite Virginia, retourne en arrière ! » Mais le fantôme lui étreignait la main et elle ferma les yeux pour ne pas les voir. D'horribles animaux à queues de lézard et aux yeux globuleux battirent des paupières du haut de la cheminée aux montants de bois sculpté, en murmurant : « Prends garde, petite Virginia, prends garde ! On ne te reverra peut-être jamais plus ! » Mais le fantôme allait de plus en plus vite et Virginia ne les écoutait pas. Comme ils atteignaient l'autre bout de la pièce, le fantôme s'arrêta et murmura quelques mots qu'elle ne put comprendre. Elle ouvrit les yeux, vit le mur qui se dissipait lentement comme un écran de brume, et une vaste caverne noire s'ouvrit devant elle.

Un vent froid et mordant les enveloppa et elle sentit quelque chose qui tiraillait sa robe.

— Vite, vite, cria le fantôme, ou il sera trop tard !

L'instant d'après, les boiseries se refermaient derrière eux et la Salle des Tapisseries était vide.

6

Dix minutes plus tard environ la cloche sonna pour le thé et, comme Virginia ne descendait pas, Mme Otis envoya l'un des valets de pied la prévenir. Au bout d'un moment, il revint et dit qu'il n'avait pu trouver miss Virginia nulle part. Comme elle avait l'habitude de sortir dans le jardin chaque soir cueillir des fleurs pour orner la table du dîner, Mme Otis ne s'alarma pas tout de suite, mais six heures sonnèrent et Virginia n'apparaissait toujours pas, alors elle commença a s'inquiéter et envoya les garçons à sa recherche tandis qu'elle-même et M. Otis fouillaient chaque pièce de la maison. À six heures et demie, les garçons revinrent en déclarant qu'ils n'avaient trouvé aucune trace de leur sœur. M. Otis se souvint brusquement que, quelques jours plus tôt, il avait donné à une bande de bohémiens l'autorisation de camper dans le parc ; il partit donc séance tenante pour Blackfell Hollow où il savait les retrouver, accompagné de son fils aîné et de deux domestiques de la ferme. Le petit duc de Cheshire, au comble de l'anxiété, se répandit en supplications pour faire partie du groupe, mais M. Otis refusa de l'emmener parce qu'il craignait une échauffourée. En arrivant sur les lieux, il constata que les romanichels étaient partis et, de toute évidence, ce départ avait été précipité car le feu brûlait encore et des écuelles traînaient dans l'herbe. Après avoir envoyé Washington et les deux domestiques explorer les environs, Otis rentra précipitamment et envoya des dépêches à tous les inspecteurs de police du comté en leur demandant de rechercher une jeune fille qui avait été enlevée par des vagabonds ou des romanichels. Il commanda ensuite qu'on sellât son cheval et, après avoir insisté pour que sa femme et les trois garçons se mettent à table pour le dîner, il partit le long de la route d'Ascot, escorté d'un valet d'écurie.

Il avait à peine parcouru trois ou quatre kilomètres qu'il entendit derrière lui un cheval qui galopait et, s'étant retourné, il vit le petit duc qui arrivait sur son poney, tête nue et le visage en feu.

— Je suis désolé, M. Otis, dit le jeune garçon, mais je ne peux pas dîner tant que Virginia n'est pas retrouvée. Ne soyez pas fâché, je vous en prie. Si vous nous aviez laissés nous fiancer l'année dernière, tout ça ne serait jamais arrivé. Vous n'allez pas me renvoyer, n'est-ce pas ? Je ne veux pas rentrer ! Et je ne rentrerai pas !

Vivement touché de la dévotion qu'il manifestait à l'égard de Virginia, le ministre ne put s'empêcher de sourire au jeune et gracieux chenapan. Penché sur l'encolure de son cheval, il lui tapota affectueusement l'épaule et dit :

— Ma foi, Cecil, si vous ne voulez pas rentrer, venez avec moi, mais il faut que je vous trouve un chapeau à Ascot.

— Oh, zut pour le chapeau ! C'est Virginia que je veux ! s'écria le petit duc en riant, et ils prirent le galop en direction de la gare.

M. Otis demanda au chef de gare si une jeune fille répondant à la description de Virginia avait été vue sur le quai, mais il n'apprit rien à son sujet ; le chef de gare, toutefois, expédia des dépêches dans les deux directions opposées de la ligne et assura M. Otis qu'une étroite surveillance serait exercée en vue de retrouver sa fille. Après avoir acheté un chapeau pour le petit duc chez un mercier qui était en train de fermer ses volets, M. Otis chevaucha jusqu'à Bexley, un village à six kilomètres de là environ, lieu bien connu, lui avait-on dit, de rassemblement des bohémiens dans le vaste pré communal voisin.

Il alerta le représentant de la police locale mais n'en obtint aucun renseignement et, après avoir exploré à cheval tout le pré, ils tournèrent bride pour regagner la maison et arrivèrent à Canterville Chase vers sept heures, recrus de fatigue et l'âme en peine. Ils trouvèrent Washington et les jumeaux qui les attendaient au portail avec des lanternes, car l'avenue était très sombre.

On n'avait découvert aucune trace de Virginia. Les bohémiens avaient été retrouvés dans les prés de Broxley mais Virginia n'était pas avec eux, et s'ils étaient partis précipitamment, expliquèrent-ils, c'était à la suite d'une erreur sur la date de la foire de Chorton où ils avaient craint d'arriver trop tard. Ils avaient même été désolés d'apprendre la disparition de Virginia, d'autant qu'ils étaient très reconnaissants à M. Otis de les avoir autorisés à camper dans son parc, et quatre d'entre eux s'étaient séparés du groupe pour participer aux recherches. L'étang aux carpes avait été dragué et toute la propriété minutieusement explorée sans le moindre résultat. Il était évident que, pour cette nuit-là du moins, Virginia était perdue ; et c'est dans un état d'abattement profond que M. Otis et les garçons rentrèrent dans la maison, suivis par le valet d'écurie qui ramenait les deux chevaux et le poney. Dans le hall, ils trouvèrent un groupe de domestiques sur le qui-vive et, allongée sur un canapé dans la bibliothèque, la pauvre Mme Otis, à demi folle de peur et d'anxiété, dont la vieille gouvernante bassinait le front avec des compresses d'eau de Cologne. M. Otis insista aussitôt pour qu'on lui servît quelque chose à manger et commanda un souper pour tout le monde. Ce fut un triste repas ; personne ou presque ne souffla mot et les jumeaux eux-mêmes étaient désemparés, prostrés, car ils aimaient énormément leur sœur.

Lorsqu'ils eurent fini, M. Otis, en dépit des prières du petit duc, leur donna l'ordre d'aller se coucher en disant qu'on ne pouvait rien faire de plus cette nuit-là et qu'il télégraphierait le lendemain à Scotland Yard qu'on leur envoyât sans délais des inspecteurs de police. Au moment où ils sortaient de la salle à manger, minuit se mit à sonner à l'horloge de la tour et ils entendirent un grand bruit accompagné d'un cri aigu ; un roulement de tonnerre effrayant fit vibrer la maison, les accents d'une musique céleste flottèrent dans l'air, un panneau de la boiserie au sommet de l'escalier se déroba avec fracas et, sur le palier, très pâle et blanche, un petit coffret à la main, surgit Virginia. Ce fut en un instant une ruée générale vers le haut des marches. M. Otis étreignit Virginia avec passion, le petit duc l'étouffa de baisers frénétiques et les jumeaux se mirent à exécuter une danse du scalp autour du groupe.

— Grand Dieu, mon enfant, où étais-tu donc ? s'écria M. Otis avec une certaine humeur, pensant qu'elle avait voulu leur jouer un tour de sa façon. Cecil et moi avons parcouru tout le pays à cheval pour te retrouver et ta mère était mortellement inquiète. Il ne faut plus jamais faire des mauvaises farces de ce genre.

— Sauf au fantôme ! Sauf au fantôme ! glapirent les jumeaux en exécutant des cabrioles.

— Ma petite chérie, Dieu merci te voilà retrouvée. Je ne veux plus jamais que tu me quittes, murmura Mme Otis en embrassant l'enfant tremblante et en lissant ses mèches d'or emmêlées.

— Papa, dit Virginia calmement, j'étais avec le fantôme. Il est mort et il faut que tu viennes le voir.

Ç'avait été un très méchant homme, mais il regrettait sincèrement tout ce qu'il avait fait de mal et, avant de mourir, il m'a donné cette cassette de bijoux superbes.

Toute la famille la regardait, muette de stupeur, mais elle était parfaitement sérieuse et grave, puis elle se détourna et les conduisit par le panneau ouvert dans la boiserie le long d'un étroit corridor secret ; Washington suivait avec une bougie allumée qu'il avait prise sur la table. Enfin, ils parvinrent à une lourde porte de chêne rehaussée de clous rouillés. Sous les doigts de Virginia, la porte pivota sur ses gonds et ils se trouvèrent dans une petite pièce basse avec un plafond voûté et une minuscule fenêtre garnie de barreaux. Scellé dans le mur, un énorme anneau de fer auquel était enchaîné un squelette gisant de tout son long sur le sol de pierre, et qui semblait essayer de saisir de ses longs doigts décharnés une cruche antique et une écuelle placées juste hors de sa portée. De toute évidence, la cruche avait été jadis remplie d'eau, car ses parois intérieures étaient tapissées d'une mousse verdâtre. Dans l'écuelle ne restait qu'un infime tas de poussière. Virginia s'agenouilla à côté du squelette et, joignant ses petites mains, elle se mit à prier en silence tandis que les autres semblaient songer avec effroi à la terrible tragédie dont le secret venait de leur être dévoilé.

— Ah tiens ! s'exclama soudain l'un des jumeaux qui regardait par la petite fenêtre pour tenter de découvrir dans quelle aile du manoir était située la pièce. Tiens ! Le vieil amandier desséché est en fleur. On le voit bien au clair de lune.

— Dieu lui a pardonné, dit gravement Virginia en se relevant, et une lumière radieuse parut illuminer son visage.

— Vous êtes un ange ! s'écria le jeune duc et il lui passa un bras autour du cou et l'embrassa.

7

Quatre jours après ces curieux événements, un convoi funèbre partit de Canterville Chase vers onze heures du soir. Huit chevaux noirs, la tête ornée de hauts plumets d'autruche, tiraient le corbillard et le cercueil de plomb était recouvert d'un riche drap pourpre sur lequel étaient brodées en or les armes des Canterville. À côté du corbillard et des voitures marchaient les domestiques portant des torches allumées et toute la procession était fort impressionnante. Lord Canterville, venu tout exprès du pays de Galles pour assister aux funérailles, conduisait le deuil, assis dans la première voiture avec Virginia à côté de lui. Ensuite venaient le ministre des États-Unis et sa femme, puis Washington et les trois garçons. Mme Umney occupait la dernière voiture. De l'avis général, elle avait été suffisamment effrayée par le fantôme durant plus de cinquante ans de sa vie pour avoir le droit de l'accompagner à sa dernière demeure. Une fosse profonde avait été creusée dans le coin du cimetière, juste en dessous du grand if et le service fut célébré avec beaucoup de solennité par le révérend Augustus Dampier. La cérémonie terminée, selon une vieille coutume de la famille Canterville, les domestiques éteignirent leurs torches et, tandis que l'on descendait le cercueil dans la fosse, Virginia s'avança et déposa sur le couvercle une grande croix faite de fleurs d'amandier roses et blanches. Au même instant, la lune surgit de derrière un nuage et baigna le petit cimetière de sa silencieuse lumière argentée, et dans un bosquet lointain s'éleva le chant du rossignol. Virginia songea à la description que lui avait faite le fantôme du Jardin de la Mort ; ses yeux s'embuèrent de larmes, et elle demeura silencieuse durant le trajet de retour.

Le lendemain matin, avant que lord Canterville regagnât la ville, M. Otis eut un entretien avec lui à propos des bijoux que le fantôme avait donnés à Virginia.

Ils étaient somptueux, en particulier un collier de rubis à monture ancienne de Venise, merveilleux exemple de travail d'orfèvrerie du XVIe siècle, et leur valeur était telle que M. Otis éprouvait de graves scrupules à l'idée de laisser sa fille les accepter.

— Milord, dit-il, je sais que dans ce pays le droit de mainmorte s'applique aussi bien aux colifichets qu'à la terre et il m'apparaît clairement que ces bijoux font partie ou devraient faire partie de l'héritage familial. Je dois en conséquence vous prier de bien vouloir les emporter à Londres et de les considérer simplement comme une part de vos biens qui vous a été restituée dans certaines circonstances étranges. Quant à ma fille, ce n'est qu'une enfant qui, jusqu'ici, je suis heureux de le dire, ne s'intéresse guère à de tels signes d'un luxe frivole. J'ai appris en outre par Mme Otis — qui, si je puis me permettre, fait autorité en matière d'art, ayant eu le privilège de passer plusieurs hivers à Boston quand elle était jeune fille — que ces pierreries ont une grande valeur marchande et que, mises en vente, elles atteindraient des prix considérables. Dans ces conditions, lord Canterville, il m'est tout à fait impossible de les laisser en la possession d'un membre de ma famille et, à vrai dire, toutes ces vaines parures, si opportunes ou nécessaires qu'elles soient à la dignité de l'aristocratie britannique, seraient très déplacées parmi ceux qui ont été élevés selon les principes austères et, je crois, immortels, de la simplicité républicaine. Peut-être devrais-je ajouter que Virginia désire beaucoup que vous lui permettiez de conserver le coffret comme souvenir de votre ancêtre infortuné mais dévoyé.

Comme il est très ancien et presque irréparable, vous jugerez peut-être bon d'accéder à sa requête. Pour ma part, j'avoue que je suis assez surpris qu'un de mes enfants soit attiré par le monde médiéval sous quelque forme que ce soit et, selon moi, la seule explication de cette singularité tient à ce que Virginia est née dans un de vos faubourgs de Londres peu après le retour de Mme Otis d'un voyage à

Athènes.

Lord Canterville écouta avec beaucoup de gravité le discours du digne ministre, tiraillant de temps en temps sa moustache grise pour dissimuler un sourire involontaire et, lorsque M. Otis eut terminé, il lui serra cordialement la main et répondit :

— Cher monsieur, votre charmante petite fille a rendu à mon malheureux ancêtre, sir Simon, un très grand service, et ma famille et moi-même lui sommes infiniment reconnaissants de son sang-froid et de sa crânerie. Les bijoux sont à elle, sans le moindre doute et, parbleu ! je crois que si j'étais assez sordide pour les lui prendre, le vieux scélérat sortirait de sa tombe séance tenante et me ferait mener une existence infernale. Quant à faire partie de l'héritage, rien ne peut être considéré comme tel à moins de figurer sur un testament ou un document légal ; en outre, l'existence de ces bijoux était totalement inconnue… Je vous assure que je n'ai pas plus de droits sur eux que votre maître d'hôtel et quand miss Virginia sera grande, j'ose dire qu'elle sera ravie d'avoir de jolies choses à porter. D'ailleurs, vous oubliez, M. Otis, que le mobilier et le fantôme étaient compris dans notre transaction, donc tout ce qui appartenait au fantôme vous revient de droit car, si remuant qu'ait pu se montrer sir Simon dans les couloirs, du point de vue légal, il n'en était pas moins mort et vous avez acquis ses biens par contrat.

M. Otis, vivement contrarié par le refus de lord Canterville, le pressa de revenir sur sa décision, mais l'affable pair du royaume n'en démordit pas et, pour finir, il persuada le ministre de permettre à sa fille de conserver le cadeau du fantôme.

Quand, au printemps de 1890, la jeune duchesse de Cheshire fut présentée à la Reine à l'occasion de son mariage, ses bijoux firent l'admiration de tous. Car Virginia reçut la couronne, qui est la récompense de toutes les bonnes petites filles américaines, et épousa son soupirant dès qu'il eut atteint l'âge requis. Ils étaient l'un et l'autre si charmants et s'aimaient d'un tel amour que leur union enchanta tout le monde, à l'exception de la vieille marquise de Dumbleton qui s'était efforcée d'annexer le duc pour l'une de ses sept filles à marier et n'avait pas donné moins de trois grands dîners dans ce but, auxquels, bizarrement, M. Otis lui-même avait été invité.

M. Otis éprouvait personnellement une vive sympathie pour le jeune duc mais, par principe, il était hostile aux titres et, pour citer ses propres paroles : « Il n'était pas sans craindre que les influences débilitantes exercées par une aristocratie assoiffée de plaisir n'entraînent l'oubli de la simplicité républicaine. » Ses objections furent néanmoins totalement battues en brèche, et je crois que lorsqu'il s'avança le long de la nef de Saint-George sur Hanover Square avec sa fille à son bras, il n'y avait pas d'homme plus fier dans toute l'Angleterre.

Une fois la lune de miel terminée, le duc et la duchesse se rendirent à Canterville Chase et, le lendemain de leur arrivée, ils allèrent à pied jusqu'au cimetière solitaire en passant par le bois de pins.

Le choix de l'inscription à graver sur la tombe de sir Simon avait suscité des discussions ardues mais, pour finir, il fut décidé d'y graver simplement les initiales du vieux gentilhomme avec le poème figurant à la fenêtre de la bibliothèque. La duchesse avait apporté un bouquet de superbes roses qu'elle effeuilla au-dessus de la tombe et, après s'être recueillis un moment sur les lieux, ils gagnèrent à pas lents le chœur de la vieille abbaye en ruine. La duchesse s'assit sur une colonne qui gisait au sol tandis que son mari, étendu à ses pieds, une cigarette aux lèvres, regardait ses beaux yeux. Soudain, il jeta sa cigarette, prit la main de sa jeune épouse et lui dit :

— Virginia, une femme ne devrait pas avoir de secrets pour son mari.

— Cher Cecil, je n'ai pas de secrets pour vous.

— Si, vous en avez, répondit-il avec un sourire. Jamais vous ne m'avez dit ce qui vous était arrivé quand vous étiez enfermée avec le fantôme.

— Je ne l'ai jamais dit à personne, Cecil, fit Virginia d'un ton grave.

— Je sais, mais à moi, vous pourriez le dire.

— Je vous en prie, ne me le demandez pas, Cecil. Je ne peux pas vous le dire. Pauvre sir Simon ! Je lui dois beaucoup. Si, si, ne riez pas, Cecil, c'est vrai. Il m'a fait comprendre ce qu'était la Vie et la signification de la Mort et pourquoi l'Amour est plus fort que l'un et l'autre.

Le duc se releva et embrassa sa femme avec tendresse.

— Vous pouvez garder votre secret aussi longtemps que votre cœur sera mien, murmura-t-il.

— Il a toujours été à vous, Cecil.

— Et vous raconterez l'histoire un jour à nos enfants, n'est-ce pas ?

Le rose monta aux joues de Virginia.

L'ami dévoué

Un matin, le vieux rat d'eau mit sa tête hors de son trou. Il avait des yeux ronds très vifs et d'épaisses moustaches grises. Sa queue semblait un long morceau de gomme élastique noire.

Des petits canards nageaient dans le réservoir, semblables à une troupe de canaris jaunes et leur mère, toute blanche avec des jambes rouges, s'efforçait de leur enseigner à piquer leur tête dans l'eau.

— Vous ne pourrez jamais aller dans la bonne société si vous ne savez pas piquer votre tête, leur disait-elle.

Et, de nouveau, elle leur montrait comment il fallait s'y prendre. Mais les petits canards ne faisaient nulle attention à ses leçons. Ils étaient si jeunes qu'ils ne savaient pas quel avantage il y a à vivre dans la société.

— Quels désobéissants enfants ! s'écria le vieux rat d'eau. Ils mériteraient vraiment d'être noyés !

— Le Ciel m'en préserve ! répliqua la cane. Il faut un commencement à tout et des parents ne sauraient être trop patients.

— Ah ! je n'ai aucune idée des sentiments que peuvent éprouver des parents, dit le rat d'eau. Je ne suis pas un père de famille. En fait, je ne me suis jamais marié et je n'ai jamais songé à le faire. Sans doute l'amour est une bonne chose à sa manière, mais l'amitié vaut bien mieux. Certes, je ne sais rien au monde qui soit plus noble ou plus rare qu'une amitié dévouée.

— Et quelle est, je vous prie, votre idée des devoirs d'un ami dévoué ? demanda une linotte verte perchée sur un saule tordu et qui avait écouté la conversation.

— Oui, c'est justement ce que je voudrais savoir, fit la cane, et elle nagea vers l'extrémité du réservoir et piqua sa tête pour donner à ses enfants le bon exemple.

— Quelle question niaise ! cria le rat d'eau.

J'entends que mon ami dévoué me soit dévoué, parbleu !

— Et que ferez-vous en retour ? dit le petit oiseau, s'agitant sur une ramille argentée et battant de ses petites ailes.

— Je ne vous comprends pas, répondit le rat d'eau.

— Laissez-moi vous conter une histoire à ce sujet, dit la linotte.

— L'histoire est-elle pour moi ? demanda le rat d'eau. Si oui, je l'écouterai volontiers, car j'aime les contes à la folie.

— Elle vous est applicable, répondit la linotte.

Elle s'envola et, s'abattant sur le bord du réservoir, elle conta l'histoire de l'Ami dévoué.

« Il y avait une fois, dit la linotte, un honnête garçon nommé Hans.

— Était-ce un homme vraiment distingué ? demanda le rat d'eau.

— Non, répondit la linotte. Je ne crois pas qu'il fût du tout distingué, sauf par son bon cœur et sa brune et plaisante figure ronde. Il vivait dans une pauvre maison de campagne et tous les jours il travaillait son jardin. Dans tout le terroir, il n'y avait pas de jardin aussi joli que le sien. Il y poussait des œillets de poète, des giroflées, des bourses à pasteur, des saxifrages. Il y poussait des roses de Damas, des roses jaunes, des crocus lilas et or, des violiers rouges et blancs. Selon les mois y fleurissaient à tour de rôle églantines et cardamines, marjolaines et basilics sauvages, primevères et iris d'Allemagne, asphodèles et œillets-girofles. Une fleur prenait la place d'une autre fleur. Aussi y avait-il toujours de jolies choses à regarder et d'agréables odeurs à respirer.

Le petit Hans avait beaucoup d'amis, mais le plus dévoué de tous était le grand Hugh le meunier.

Vraiment le riche meunier était si dévoué au petit Hans qu'il ne serait jamais allé à son jardin sans se pencher sur les plates-bandes, sans y cueillir un gros bouquet ou une poignée de salades succulentes ou sans y remplir ses poches de prunes ou de cerises selon la saison.

— De vrais amis possèdent tout en commun, avait l'habitude de dire le meunier.

Et le petit Hans approuvait de la tête, souriait et se sentait tout fier d'avoir un ami qui pensait de si nobles choses.

Parfois, cependant, le voisinage trouvait étrange que le riche meunier ne donnât jamais rien en retour au petit Hans, quoiqu'il eut cent sacs de farine emmagasinés dans son moulin, six vaches laitières et un grand nombre de bêtes à laine ; mais Hans ne troubla jamais sa cervelle de semblables idées. Rien ne lui plaisait davantage que d'entendre les belles choses que le meunier avait coutume de dire sur la solidarité des vrais amis.

Donc, le petit Hans travaillait son jardin. Le printemps, l'été et l'automne, il était très heureux ; mais quand venait l'hiver et qu'il n'avait ni fruits ni fleurs à porter au marché, il souffrait beaucoup du froid et de la faim et souvent il se couchait sans avoir mangé autre chose que quelques poires sèches et quelques mauvaises noix. L'hiver aussi, il était extrêmement isolé, car le meunier ne venait jamais le voir dans cette saison.

— Il n'est pas bon que j'aille voir le petit Hans tant que dureront les neiges, disait souvent le meunier à sa femme. Quand les gens ont des ennuis, il faut les laisser seuls et ne pas les tourmenter de visites. Ce sont là du moins mes idées sur l'amitié et je suis certain qu'elles sont justes.

Aussi j'attendrai le printemps et alors j'irai le voir : il pourra me donner un grand panier de primevères et cela le rendra heureux.

— Vous êtes certes plein de sollicitude pour les autres, répondait sa femme assise dans un confortable fauteuil près d'un beau feu de bois de pin. C'est un vrai régal que de vous entendre parler de l'amitié. Je suis sûre que le curé ne dirait pas d'aussi belles choses que vous là-dessus, quoiqu'il habite une maison à trois étages et qu'il porte un anneau d'or à son petit doigt.

— Mais ne pourrions-nous engager le petit Hans à venir ici ? interrogeait le jeune fils du fermier. Si le pauvre Hans a des ennuis, je lui donnerai la moitié de ma soupe et je lui montrerai mes lapins blancs.

— Quel niais vous êtes ! s'écria le meunier. Je ne sais vraiment pas à quoi il sert de vous envoyer à l'école. Vous semblez n'y rien apprendre. Parbleu ! si le petit Hans venait ici, s'il voyait notre bon feu, notre excellent souper et notre grosse barrique de vin rouge, il pourrait devenir envieux. Or l'envie est une bien terrible chose et qui gâterait les meilleurs caractères. Certes je ne souffrirai pas que le caractère d'Hans soit gâté. Je suis son meilleur ami et je veillerai toujours sur lui et aurai soin qu'il ne soit exposé à aucune tentation. En outre, si Hans venait ici, il pourrait me demander de lui donner un peu de farine à crédit, et cela je ne puis le faire. La farine est une chose et l'amitié en est une autre, et elles ne doivent pas être confondues. Ma foi ! ces mots s'orthographient différemment et signifient des choses toutes différentes. Chacun sait cela.

— Comme vous parlez bien, dit la femme du meunier en lui tendant un grand verre de bière chaude.

Je me sens vraiment tout endormie. C'est tout à fait comme à l'église.

— Beaucoup agissent bien, répliqua le meunier, mais peu savent bien parler, ce qui prouve que parler est de beaucoup la chose la plus difficile et aussi la plus belle des deux.

Et il regarda sévèrement par dessus la table son jeune fils qui se sentit si honteux de lui-même qu'il baissa la tête, devint presque écarlate et se mit à pleurer dans son thé.

Il était si jeune que vous l'excuserez.

— C'est là la fin de l'histoire ? demanda le rat d'eau.

— Non pas, répliqua la linotte. C'est le commencement.

— Alors vous êtes tout à fait en arrière sur votre temps, reprit le rat d'eau. Tout bon conteur, aujourd'hui, débute par la fin, reprend au début et termine par le milieu. C'est la nouvelle méthode. J'ai entendu cela de la bouche d'un critique qui se promenait autour du réservoir avec un jeune homme. Il traitait la question en maître et je suis sûr qu'il devait avoir raison, car il avait des lunettes bleues et la tête chauve ; et, quand le jeune homme lui faisait quelque observation, il répondait toujours : « Peuh ! » Mais continuez, je vous prie, votre histoire. J'aime beaucoup le meunier. J'ai moi-même toute sorte de beaux sentiments : aussi y a-t-il une grande sympathie entre nous.

— Bien ! fit la linotte sautillant tantôt sur une patte et tantôt sur l'autre. Sitôt que l'hiver fut passé, dès que les primevères commencèrent à ouvrir leurs étoiles jaune pâle, le meunier dit à sa femme qu'il allait sortir et faire visite au petit Hans.

— Ah ! quel bon cœur vous avez ! lui cria sa femme.

Vous pensez toujours aux autres. Songez à emporter le grand panier pour rapporter des fleurs.

Alors le meunier attacha ensemble les ailes du moulin avec une forte chaîne de fer et descendit la colline, le panier au bras.

— Bonjour, petit Hans, dit le meunier.

— Bonjour, fit Hans s'appuyant sur sa bêche et avec un sourire qui allait d'une oreille à l'autre.

— Et comment avez-vous passé l'hiver ? reprit le meunier.

— Bien, bien ! répliqua Hans, c'est gentil à vous de vous en informer. J'ai bien eu du mauvais temps à passer, mais maintenant le printemps est de retour et je suis presque heureux… Puis, mes fleurs vont bien donner.

— Nous avons souvent parlé de vous cet hiver, Hans, continua le meunier, et nous nous demandions ce que vous deveniez.

— C'est bien bon à vous, dit Hans. Je craignais presque que vous m'ayez oublié.

— Hans, je suis surpris de vous entendre parler de la sorte, fit le meunier. L'amitié n'oublie jamais. C'est ce qu'elle a d'admirable, mais je crains que vous ne compreniez pas la poésie de la vie. Comme vos primevères sont belles, entre parenthèses.

— Certes, elles sont vraiment belles, fit Hans, et il est heureux pour moi que j'en aie beaucoup. Je vais les porter au marché et les vendre à la fille du bourgmestre et avec l'argent je rachèterai ma brouette.

— Vous rachèterez votre brouette ? Voulez-vous dire que vous l'avez vendue ? C'est un acte bien niais.

— Certes, oui, mais le fait est, répliqua Hans, que j'y étais obligé.

Vous le savez, l'hiver est pour moi une très mauvaise saison et je n'avais vraiment pas le sou pour acheter du pain. Donc j'ai vendu d'abord les boutons d'or de mon habit des dimanches, puis j'ai vendu ma chaîne d'argent et ensuite ma grande flûte. Enfin j'ai vendu ma brouette. Mais maintenant je vais racheter tout cela.

— Hans, dit le meunier, je vous donnerai ma brouette. Elle n'est pas en très bon état. Un des côtés est parti et il y a quelque chose de tordu aux rayons de la roue, mais malgré cela je vous la donnerai. Je sais que c'est généreux de ma part et beaucoup de gens me trouveraient fou de m'en dessaisir, mais je ne suis pas comme le reste du monde. Je pense que la générosité est l'essence de l'amitié et, en outre, je me suis acheté une nouvelle brouette. Oui, vous pouvez être tranquille… Je vous donnerai ma brouette.

— Merci, c'est vraiment généreux de votre part, dit le petit Hans et sa plaisante figure ronde resplendit de plaisir. Je puis aisément la réparer, car j'ai une planche chez moi.

— Une planche ! s'écria le meunier. Parfait ! c'est justement ce qu'il me faut pour le toit de ma grange. Il y a un grand trou et mon blé sera tout humide si je ne le bouche pas. Comme vous avez dit cela à propos ! Il est vraiment à remarquer qu'une bonne action en engendre toujours une autre. Je vous ai donné ma brouette et maintenant vous allez me donner votre planche. Naturellement la brouette vaut beaucoup plus que la planche, mais l'amitié sincère ne remarque jamais ces choses-là. Veuillez me donner tout de suite la planche et je me mettrai aujourd'hui même à l'ouvrage pour réparer ma grange.

— Certainement ! répliqua le petit Hans.

Et il courut à son appentis et en sortit la planche.

— Ce n'est pas une très grande planche, dit le meunier en la regardant, et je crains que lorsque j'aurai réparé le toit de ma grange, il n'en reste pas assez pour que vous raccommodiez la brouette, mais ce n'est naturellement pas ma faute… Et maintenant, comme je vous ai donné ma brouette, je suis sûr que en retour vous voudrez me donner quelques fleurs… Voici le panier, vous aurez soin de le remplir presque entièrement.

46

— Presque entièrement ? dit le petit Hans presque chagrin, car le panier était de grandes dimensions et il se rendait compte que, s'il le remplissait, il n'aurait plus de fleurs à porter au marché. Or, il était très désireux de racheter ses boutons d'argent.

— Ma foi, répondit le meunier, comme je vous ai donné ma brouette, je ne pensais pas que ce fût trop de vous demander quelques fleurs. Je puis me tromper, mais je croyais que l'amitié, l'amitié vraie était affranchie d'égoïsme de quelque espèce que ce soit.

— Mon cher ami, mon meilleur ami, protesta le petit Hans, toutes les fleurs de mon jardin sont à votre disposition, car j'ai un bien plus vif désir de votre estime que de mes boutons d'argent.

Et il courut cueillir ces jolies primevères et en remplir le panier du meunier.

— Adieu, petit Hans ! dit le meunier en remontant la colline sa planche sur l'épaule et son grand panier au bras.

— Adieu ! dit le petit Hans.

Et il se mit à bêcher gaiement : il était si content d'avoir la brouette.

Le lendemain, il attachait un chèvrefeuille sur sa porte, quand il entendit la voix du meunier qui l'appelait de la route. Alors il sauta de son échelle, courut au bas du jardin et regarda par-dessus la muraille.

C'était le meunier avec un grand sac de farine sur son épaule.

— Cher petit Hans, dit le meunier, voudriez-vous me porter ce sac de farine au marché ?

— Oh j'en suis fâché, dit Hans, mais je suis vraiment très occupé aujourd'hui. J'ai toutes mes plantes grimpantes à fixer, toutes mes fleurs à arroser, tous mes gazons à faucher à la roulette.

— Ma foi, répliqua le meunier, je pensais qu'en considération de ce que je vous ai donné ma brouette, il serait peu aimable de votre part de me refuser.

— Oh je ne refuse pas ! protesta le petit Hans. Pour tout au monde, je ne voudrais pas agir en ami à votre égard.

Et il alla chercher sa casquette et partit avec le gros sac sur son épaule.

C'était une très chaude journée et la route était atrocement poudreuse. Avant que Hans eût atteint la borne marquant le sixième mille, il était si fatigué qu'il dut s'asseoir et se reposer. Néanmoins il ne tarda pas à continuer courageusement son chemin et arriva enfin au marché.

Après une attente de quelques instants, il vendit le sac de farine à un bon prix et alors il s'en retourna d'un trait chez lui, car il craignait s'il s'attardait trop de rencontrer quelque voleur en route.

— Voilà certes une rude journée, se dit Hans en se mettant au lit, mais je suis content de n'avoir pas refusé, car le meunier est mon meilleur ami et, en outre, il va me donner sa brouette.

De très bon matin, le lendemain, le meunier vint chercher l'argent de son sac de farine, mais le petit Hans était si fatigué qu'il était encore au lit.

— Ma parole ! fit le meunier, vous êtes bien paresseux. Quand je pense que je viens de vous donner ma brouette, il me semble que vous pourriez travailler plus vaillamment.

La paresse est un grand vice et, certes, je ne voudrais pas qu'un de mes amis soit paresseux ou apathique. Ne jugez pas mon langage sans façon avec vous. Je ne songerais certes pas à parler de la sorte si je n'étais votre ami. Mais que servirait l'amitié si on ne pouvait dire nettement ce qu'on pense ? Tout le monde peut dire des choses aimables, s'efforcer de plaire et de flatter, mais un ami sincère dit des choses déplaisantes et n'hésite pas à faire de la peine. Tout au contraire, s'il est un ami vrai, il préfère cela, car il sait qu'ainsi il fait du bien.

— Je suis bien fâché, répondit le petit Hans en frottant ses yeux et en enlevant son bonnet de nuit, mais j'étais si fatigué que je croyais que je m'étais couché il y a peu de temps et j'écoutais chanter les oiseaux. Ne savez-vous pas que je travaille toujours mieux quand j'ai entendu chanter les oiseaux ?

— Bon ! tant mieux ! répliqua le meunier en donnant à Hans une claque dans le dos, car j'ai besoin que vous répariez le toit de ma grange.

Le petit Hans avait grand besoin d'aller travailler dans son jardin, car ses fleurs n'avaient pas été arrosées de deux jours, mais il ne voulut pas refuser au meunier, car c'était un bon ami pour lui.

— Pensez-vous qu'il ne serait pas amical de vous dire que j'ai à faire ? demanda-t-il d'une voix humble et timide.

— Ma foi, répliqua le meunier, je ne pensais pas que ce fût beaucoup vous demander, étant donné que je viens de vous faire cadeau de ma brouette, mais naturellement si vous refusez j'irai le faire moi-même.

— Oh ! nullement, s'écria le petit Hans en sautant de son lit.

Il s'habilla et se rendit dans la grange.

Il y travailla toute la journée jusqu'au coucher du soleil et au coucher du soleil le meunier vint voir où il en était.

— Avez vous bouché le trou du toit ? petit Hans, cria le meunier d'une voix gaie.

— C'est presque fini, répondit le petit Hans descendant de l'échelle.

— Ah ! dit le meunier, il n'y a pas de travail plus délicieux que celui que l'on peut faire pour autrui.

— C'est à coup sûr un privilège de vous entendre parler, répondit le petit Hans qui s'arrêta et essuya son front, un très grand privilège, mais je crains de n'avoir jamais d'aussi belles idées que vous.

— Oh ! elles vous viendront, fit le meunier, mais vous devriez prendre plus de peine. À présent vous n'avez que la pratique de l'amitié. Quelque jour vous aurez aussi la théorie.

— Le croyez-vous vraiment ? demanda le petit Hans.

— Je n'en doute pas, répondit le meunier. Mais maintenant que vous avez réparé le toit, vous feriez mieux de rentrer chez vous et de vous reposer ; car, demain, j'ai besoin que vous conduisiez mes moutons à la montagne.

Le pauvre petit Hans n'osa protester et, le lendemain, à l'aube, le meunier amena ses moutons près de sa petite ferme et Hans partit avec eux pour la montagne. Aller et revenir lui prirent toute la journée et quand il revint il était si fatigué qu'il s'endormit sur sa chaise et ne se réveilla qu'au jour.

— Quel temps délicieux j'aurai dans mon jardin ! se dit-il, et il allait se mettre à la besogne.

Mais, d'une manière ou d'autre, il n'eut pas le temps de jeter un coup d'œil à ses fleurs : son ami le meunier arrivait et l'envoyait faire de longues courses ou lui demandait de venir aider au moulin.

Parfois le petit Hans était aux abois à la pensée que ses fleurs croiraient qu'il les avait oubliées, mais il se consolait en songeant que le meunier était son meilleur ami.

— En outre, avait-il coutume de dire, il va me donner sa brouette et c'est un acte de pure générosité.

Donc le petit Hans travaillait pour le meunier et le meunier disait beaucoup de belles choses sur l'amitié qu'Hans écrivait dans un livre de raison et qu'il relisait le soir, car il était lettré.

Or, il arriva qu'un soir le petit Hans était assis près de son feu quand on frappa un grand coup à la porte.

La nuit était très noire. Le vent soufflait et rugissait autour de la maison si terriblement que d'abord Hans pensa que c'était l'ouragan qui heurtait la porte. Mais un second coup résonna, puis un troisième plus rude que les autres.

— C'est quelque pauvre voyageur, se dit le petit Hans, et il courut à la porte.

Le meunier était sur le seuil, une lanterne d'une main et une grosse trique de l'autre.

— Cher petit Hans, cria le meunier, j'ai un grand chagrin. Mon gamin est tombé d'une échelle et s'est blessé. Je vais chercher le médecin. Mais il habite loin d'ici et la nuit est si mauvaise que j'ai pensé qu'il vaudrait mieux que vous alliez à ma place. Vous savez que je vous donne ma brouette. Ainsi il serait gentil à vous de faire en échange quelque chose pour moi.

— Certainement, s'écria le petit Hans. Je suis heureux que vous ayez songé à venir me chercher et je vais partir tout de suite. Mais vous devriez me prêter votre lanterne, car la nuit est si sombre que je crains de tomber dans quelque fossé.

— Je suis désolé, répondit le meunier, mais c'est ma nouvelle lanterne et ce serait une grande perte si quelque accident lui arrivait.

— Bon ! n'en parlons plus ! Je m'en passerai, fit le petit Hans.

Il endossa son grand manteau de fourrure et sa chaude casquette rouge, noua son cache-nez autour de sa gorge et partit.

Quelle terrible tempête il soufflait. La nuit était si noire que le petit Hans y voyait à peine et le vent si fort qu'il avait peine à marcher. Néanmoins il était très courageux et, après qu'il eut marché près de trois heures, il arriva chez le médecin et frappa à sa porte.

— Qui est là ? cria le médecin en mettant sa tête à la fenêtre de sa chambre.

— Le petit Hans, docteur !

— Que désirez-vous, petit Hans ?

— Le fils du meunier est tombé d'une échelle et s'est blessé et il faut que vous veniez sur l'heure.

— Très bien ! répliqua le docteur.

Et il harnacha sur-le-champ son cheval, mit ses grandes bottes, prit sa lanterne et descendit l'escalier. Il partit dans la direction de la maison du meunier, le petit Hans allant à pied derrière lui.

Mais l'orage grossit. La pluie tomba à torrents et le petit Hans ne pouvait ni voir où il allait ni tenir pied au cheval. À la fin il perdit son chemin, erra sur la lande qui était un endroit dangereux plein de trous profonds et où le pauvre Hans se noya.

Le lendemain, des bergers trouvèrent son corps flottant sur une grande mare et le portèrent à sa petite ferme.

Tout le monde alla à l'enterrement du petit Hans, car il était très aimé., et le meunier figura en tête du deuil.

— J'étais son meilleur ami, dit le meunier ; il est de droit que j'aie la place d'honneur.

Il prit donc la tête du cortège en long manteau noir et, de temps en temps, il essuyait ses yeux avec un grand mouchoir de poche.

— Le petit Hans est à coup sûr une grande perte pour nous tous, dit le ferblantier, quand les funérailles furent terminées et que le deuil fut confortablement assis à l'auberge à boire du vin aux épices et à manger de bons gâteaux.

— C'est surtout une grande perte pour moi, répondit le meunier. Ma foi, j'étais assez bon pour me proposer de lui donner ma brouette et maintenant je ne sais qu'en faire. Elle me gêne à la maison et elle est en si mauvais état que si je la vendais je n'en tirerais rien. Certainement je ne donnerai désormais plus rien à personne. On pâtit toujours d'avoir été généreux.

— C'est très juste, fit le rat d'eau après une longue pause.

— Parfait ! C'est le mot de la fin, dit la linotte.

— Et que devint le meunier ? dit le rat d'eau.

— Oh ! je n'en sais vraiment rien, répliqua la linotte, et certes cela m'est égal.

— Il est évident que vous n'êtes pas d'une nature sympathique, dit le rat d'eau.

— Je crains que vous n'ayez pas vu la morale de l'histoire, répliqua la linotte.

— La quoi ? cria le rat d'eau.

— La morale.

— Voulez-vous dire que l'histoire a une morale ?

— Certainement, affirma la linotte.

— Ma foi ! fit le rat d'eau d'un ton colère, vous auriez dû me le dire avant de commencer. Si vous l'eussiez fait, certainement je ne vous aurais pas écoutée.

Certainement je vous aurais dit : « Peuh ! » comme le critique. Mais je puis le dire maintenant.

Et il cria son « Peuh ! » de toute sa voix, donna un coup de queue et rentra dans son trou.

— Et que dites-vous du rat d'eau ? demanda la cane qui arriva en patrouillant quelques minutes après. Il a beaucoup de qualités, mais pour ma part, j'ai les sentiments d'une mère et je ne puis voir un célibataire endurci sans que les larmes me viennent aux yeux.

— Je crains de l'avoir ennuyé, répondit la linotte. Le fait est que je lui ai conté une histoire qui a sa morale.

— Ah c'est toujours une chose très dangereuse, dit la cane.

Et je suis absolument de son avis.

Le Prince Heureux

Tout en haut de la cité, sur une petite colonne, se dressait la statue du Prince Heureux.

Elle était toute revêtue de chèvrefeuille d'or fin. Elle avait, en guise d'yeux, deux brillants saphirs et un grand rubis rouge ardait à la poignée de son épée.

Aussi, on l'admirait beaucoup.

— Il est aussi beau qu'une girouette, remarquait un des membres du Conseil de ville qui désirait s'acquérir une réputation de connaisseur en art.

— Seulement, il n'est pas aussi utile, ajoutait-il, craignant qu'on ne le prit pour un homme peu pratique.

Et certes, il ne l'était pas.

— Pourquoi n'êtes-vous pas comme le Prince Heureux ? demandait une mère sensible à son petit garçon qui réclamait la lune. Le Prince Heureux n'aurait jamais songé à demander quelque chose à tout cri.

— Je suis heureux qu'il y ait quelqu'un au monde qui soit tout à fait heureux, murmurait un homme à qui rien n'avait réussi, en regardant la merveilleuse statue.

— Il a vraiment l'air d'un ange, disaient les enfants de la charité en sortant de la cathédrale, vêtus de leurs superbes manteaux écarlates et avec leurs jolies vestes blanches.

— À quoi le voyez-vous ? répliquait le maître de mathématiques, vous n'en avez jamais vu un.

— Oh ! nous en avons vu dans nos rêves, répondaient les enfants.

Et le maître de mathématiques fronçait les sourcils et prenait un air sévère, car il ne pouvait approuver que des enfants se permissent de rêver.

Une nuit, une petite Hirondelle vola à tire d'ailes vers la cité.

Six semaines avant, ses amies étaient parties pour l'Égypte, mais elle était demeurée en arrière.

Elle était éprise du plus beau des roseaux.

Elle l'avait rencontré au début du printemps comme elle volait sur la rivière à la poursuite d'un grand papillon jaune, et sa taille svelte avait eu tant d'attrait pour elle qu'elle s'était arrêtée pour lui parler.

— Vous aimerai-je, avait dit l'Hirondelle, qui aimait aller droit au but.

Et le roseau lui avait fait un salut profond.

Alors l'Hirondelle avait voleté autour de lui, effleurant l'eau de ses ailes et y traçant des sillages d'argent.

C'était sa façon de faire sa cour, et ainsi s'écoula tout l'été.

— C'est un ridicule attachement, gazouillaient les autres hirondelles. Ce roseau n'a pas le sou, et il a vraiment trop de famille.

En effet, la rivière était toute couverte de roseaux.

Alors que vint l'automne, toutes les hirondelles prirent leur vol.

Quand elles furent parties, leur amie se sentit isolée et commença à se lasser de son amoureux.

— Il ne sait pas causer, disait-elle ; et, puis, je crains qu'il ne soit volage, car il flirte sans cesse avec la brise.

Et, certes, toutes les fois qu'il faisait de la brise, le roseau multipliait ses plus gracieuses politesses.

— Je comprends qu'il est casanier, murmurait l'Hirondelle. Moi, j'aime les voyages. Donc, qui m'aime doit aimer à voyager avec moi.

— Voulez-vous me suivre ? demanda enfin l'Hirondelle au roseau.

Mais le roseau secoua sa tête.

Il était trop attaché à son chez lui.

— Vous vous êtes joué de moi, lui cria l'Hirondelle. Je m'en vais aux Pyramides, adieu !

Et l'Hirondelle s'en alla.

Tout le long du jour, elle avait volé et, à la nuit, elle arriva à la ville.

— Où chercherai-je un abri ? se dit-elle. J'espère que la ville aura fait des préparatifs pour me recevoir.

Alors, elle aperçut la statue sur la petite colonne.

— Je vais me percher là, cria-t-elle. Le site est joli. Il y a beaucoup d'air frais.

De la sorte elle vint s'abattre tout juste entre les pieds du Prince Heureux.

— J'ai une chambre dorée, se disait-elle doucement après avoir regardé autour d'elle.

Et elle se prépara à dormir.

Mais, comme elle mettait sa tête sous son aile, voici qu'une large goutte d'eau tomba sur elle.

— Comme c'est curieux ! s'écria-t-elle. Il n'y a pas un nuage au ciel, les étoiles sont tout à fait claires et brillantes, et voilà qu'il pleut ! Le climat du nord de l'Europe est vraiment étrange. Le roseau aimait la pluie, mais c'était pur égoïsme de sa part.

Alors une nouvelle goutte vint à tomber.

— À quoi sert une statue, si elle ne garantit pas de la pluie, fit l'Hirondelle. Je vais chercher un bon auvent de cheminée.

Et elle se décidait à prendre son vol plus loin.

Mais avant qu'elle n'ouvrît ses ailes, une troisième goutte tomba.

L'Hirondelle regarda au-dessus d'elle et elle vit…

Ah ! que vit-elle ?

Les yeux du Prince Heureux étaient pleins de larmes, et les larmes coulaient sur ses joues d'or.

Son visage était si beau au clair de lune, que la petite Hirondelle se sentit envahie par la pitié.

— Qui êtes-vous ? dit-elle.

— Je suis le Prince Heureux.

— Alors, pourquoi pleurnichez-vous comme cela ? demanda l'Hirondelle. Vous m'avez presque trempée.

— Quand j'étais vivant et que j'avais un cœur d'homme, répliqua la statue, je ne savais pas ce que c'était que les larmes, car je vivais au Palais de Sans-Souci, dont on ne permet pas l'entrée au chagrin.

Le jour, je jouais avec mes compagnons dans le jardin et, le soir, je dansais dans le grand hall. Autour du jardin courait une très haute muraille, mais je n'eus jamais fantaisie de ce qu'il y avait au-delà de cette muraille, tout ce qui m'entourait était si beau. Mes courtisans m'appelaient le Prince Heureux, et certes, j'étais vraiment heureux si le plaisir c'est le bonheur. Ainsi je vécus, ainsi je mourus, et, maintenant que je suis mort, ils m'ont huché si haut que je puis voir toutes les laideurs et toutes les misères de ma ville, et quoique mon cœur soit de plomb, il ne me reste d'autre ressource que de pleurer.

— Quoi ! il n'est pas d'or de bon aloi, pensa l'Hirondelle à part elle.

Elle était trop bien élevée pour faire tout haut aucune remarque sur les gens.

— Là-bas, continua la statue, de sa voix basse et musicale, là-bas, dans une petite rue, il est une pauvre maison. Une des fenêtres est ouverte et, par elle, je puis voir une femme assise à une table. Son visage est amaigri et usé.

Elle a des mains épaisses, rougeaudes, toutes piquées par l'aiguille, car elle est couturière. Elle brode des fleurs de la Passion sur une robe de satin que doit porter, au prochain bal de la cour, la plus belle des demoiselles d'honneur de la Reine. Dans un lit, au coin de la chambre, gît son petit garçon malade. Il a la fièvre et il demande des oranges. Sa mère n'a rien à lui donner que de l'eau de la rivière. Aussi il pleure. Hirondelle, Hirondelle, petite Hirondelle, ne voulez-vous pas lui porter le rubis de la garde de mon épée ? Mes pieds sont attachés au piédestal et je ne puis bouger.

— Je suis attendue en Égypte, répondit l'Hirondelle. Mes amies voltigent de çà de là sur le Nil et bavardent avec les grands lotus. Bientôt elles iront dormir dans le tombeau du Grand Roi. Le Roi y est lui-même dans son cercueil de bois. Il est enveloppé d'une toile jaune et embaumé avec des aromates. Autour de son cou, il a une chaîne de jade vert pâle et ses mains sont comme des feuilles sèches.

— Hirondelle, Hirondelle, petite Hirondelle, dit le Prince, ne resterez-vous pas avec moi une nuit, et ne serez-vous pas ma messagère ? L'enfant a tant soif et la mère est si triste.

— Je ne pense pas que j'aime les enfants, répondit l'Hirondelle. L'été dernier quand je séjournais au bord de la rivière, deux garçons mal élevés, les enfants du meunier, ne cessaient pas de me jeter des pierres. Certes, ils ne m'atteignaient jamais. Nous autres hirondelles, nous volons trop bien pour cela, et, en outre, je suis d'une famille célèbre par son agilité, mais quand même c'était une marque d'irrespect.

Mais le regard du Prince Heureux était si triste que la petite Hirondelle en fut toute chagrine.

— Il fait bien froid ici, dit-elle, mais je resterai une nuit avec vous et je serai votre messagère.

— Merci, petite Hirondelle, répondit le prince.

Alors la petite Hirondelle arracha le grand rubis de l'épée du Prince, et, l'emportant dans son bec, prit son vol par dessus les toits de la ville.

Elle passa sur la tour de la cathédrale où des anges étaient sculptés en marbre blanc.

Elle passa sur le Palais et entendit de la musique de danse.

Une belle jeune fille parut sur le balcon avec son amoureux.

— Combien les étoiles sont belles, lui dit-il, et combien est puissante la force de l'amour !

— Je voudrais que ma robe soit prête pour le bal officiel, répondit-elle. J'ai commandé d'y broder des fleurs de la passion, mais les couturières sont si négligentes.

Elle passa sur la rivière et vit les lanternes suspendues au mat des barques.

Elle passa sur le ghetto et vit les vieux juifs qui faisaient des affaires entre eux et pesaient des monnaies dans des balances de cuivre.

Enfin, elle arriva à la pauvre demeure et y jeta un coup d'œil.

L'enfant s'agitait fiévreusement dans son lit et sa mère s'était endormie tant elle était fatiguée.

L'Hirondelle sautilla dans la chambre et mit le grand rubis sur la table, sur le dé de la couturière.

Puis elle voleta doucement autour du lit, éventant de ses ailes le visage de l'enfant.

— Quelle, douce fraîcheur je ressens ! fit l'enfant. Je dois aller mieux.

Et il tomba dans un délicieux sommeil.

Alors l'Hirondelle s'en fut à tire d'ailes vers le Prince Heureux et lui dit ce qu'elle avait fait.

— C'est curieux, remarqua-t-elle, mais maintenant je sens presque de la chaleur, et cependant il fait bien froid.

— C'est parce que vous avez fait une bonne action, répliqua le Prince.

Et la petite Hirondelle commença à réfléchir et alors elle s'endormit. Toutes les fois qu'elle réfléchissait, elle s'endormait.

Quand parut l'aube, elle vola vers la rivière et prit un bain.

— Voilà un remarquable phénomène ! s'écria le professeur d'ornithologie qui passait sur le pont. Une Hirondelle en hiver !

Et il écrivit à ce sujet une longue lettre à une feuille locale. Tout le monde la cita. Elle était pleine de tant de mots qu'on ne pouvait comprendre.

— Ce soir je pars pour l'Égypte, se disait l'Hirondelle.

Et, à cette perspective, elle était toute joyeuse.

Elle visita tous les monuments publics et se reposa longtemps sur le sommet du clocher de l'église.

Partout où elle allait, les pierrots gazouillaient. Ils se disaient les uns aux autres :

— Combien cette étrangère est distinguée !

Cela la remplissait de joie.

Quand la lune se leva, elle retourna à tire d'ailes vers le Prince Heureux.

— Avez-vous quelques commissions pour l'Égypte ? lui cria-t-elle. Je suis sur mon départ.

— Hirondelle, Hirondelle, petite Hirondelle ! dit le Prince, ne resterez-vous pas avec moi encore une nuit ?

— On m'attend en Égypte, répondit l'Hirondelle.

Demain mes amies s'y envoleront vers la seconde cataracte. Là l'hippopotame sa couche parmi les joncs et le Dieu Memmon se dresse sur un grand trône de granit. Toute la nuit il guette les étoiles, et, quand l'étoile du matin brille, il pousse un cri de joie et ensuite il se tait. À midi, les lions jaunes descendent boire au bord du fleuve. Ils ont des yeux comme des aigues marines vertes et leurs rugissements sont bien plus éclatants que les rugissements de la cataracte.

— Hirondelle, Hirondelle, petite Hirondelle ! dit le Prince, tout là-bas de l'autre côté de la ville, je vois un jeune homme dans un grenier. Il est penché sur un bureau couvert de papiers et, dans un verre à côté de lui, il y a un bouquet de violettes fanées. Sa chevelure est brune et frisée. Ses lèvres sont rouges comme des grains de grenade. Il a de grands yeux rêveurs. Il s'efforce de finir une pièce pour le directeur du théâtre, mais il a trop froid pour écrire davantage. Il n'y a pas de feu dans le galetas et la faim l'a abattu sans forces.

— Je demeurerai encore une nuit avec vous, dit l'Hirondelle, qui avait réellement un bon cœur. Dois-je lui porter un autre rubis ?

— Hélas ! je n'ai plus de rubis, dit le Prince. Mes yeux sont la seule chose qui me reste. Ce sont de rares saphirs qui furent rapportés des Indes il y a un millier d'années. Arrachez l'un d'eux et prenez-le pour lui. Il le vendra à un joaillier. Il achètera de quoi se nourrir et de quoi se chauffer et finira sa pièce.

— Cher Prince, dit l'Hirondelle, je ne puis faire cela.

Et elle se mit à pleurer.

— Hirondelle, Hirondelle, petite Hirondelle ! dit le Prince.

Faites ce que je vous commande.

Alors l'Hirondelle arracha l'œil du Prince et s'envola vers le galetas de l'étudiant.

Il était facile d'y pénétrer, car il y avait un trou dans le toit.

L'Hirondelle y entra comme un trait et sautilla par la pièce.

Le jeune homme avait la tête plongée dans ses mains. Il n'entendit pas le trémoussement des ailes de l'oiseau et, quand il releva la tête, il vit le beau saphir couché sur les violettes fanées.

— Je commence à être apprécié, s'écria-t-il. Ceci vient de quelque riche admirateur. Maintenant je puis finir ma pièce.

Et il semblait tout à fait heureux.

Le jour suivant, l'Hirondelle s'envola vers le port.

Elle se reposa sur le mat d'un grand navire et contempla les matelots qui halaient d'énormes caisses hors de la cale avec des cordes.

— Ah-hisse criaient-ils à chaque caisse qui arrivait sur le pont.

— Je vais en Égypte, leur cria l'Hirondelle.

Mais personne ne prenait garde à elle et, quand la lune se leva, elle retourna vers le Prince Heureux.

— Je suis venue vous dire adieu, lui dit-elle.

— Hirondelle, Hirondelle, petite Hirondelle ! dit le Prince. Ne resterez-vous pas avec moi encore une nuit ?

— C'est l'hiver, répliqua l'Hirondelle, et la neige glaciale sera bientôt ici. En Égypte, le soleil est chaud sur les palmiers verts. Les crocodiles, couchés dans la boue, regardent paresseusement les arbres au bord du fleuve.

Mes compagnes construisent des nids dans le temple de Baalbeck. Les colombes roses et blanches les suivent des yeux et roucoulent alternativement. Cher Prince, il faut que je vous quitte, mais je ne vous oublierai jamais et, le printemps prochain, je vous apporterai de là-bas deux beaux joyaux pour remplacer ceux que vous avez donnés. Le rubis sera plus rouge qu'une rose rouge et le saphir sera aussi bleu que la grande mer.

— Là-dessous, dans le square, répliqua le Prince Heureux, stationne une petite marchande d'allumettes. Elle a laissé tomber ses allumettes dans le ruisseau et elles sont toutes gâtées. Son père la battra, si elle ne rapporte pas quelque argent au logis, et elle pleure. Elle n'a ni souliers ni bas et sa petite tête est nue. Arrache-moi mon autre œil et donne-le-lui, et son père ne la battra pas.

— Je passerais encore une nuit avec vous, dit l'Hirondelle, mais je ne puis vous arracher un œil. Alors vous seriez tout à fait aveugle.

— Hirondelle, Hirondelle, petite Hirondelle ! dit le Prince. Faites ce que je vous commande.

Alors l'Hirondelle arracha le second œil du Prince et prit son vol en l'emportant.

Elle s'abattit sur l'épaule de la petite marchande d'allumettes et glissa le joyau dans la paume de la main.

— Le joli morceau de verre ! s'écria la petite fille.

Et, toute rieuse, elle courut chez elle.

Alors l'Hirondelle revint encore vers le Prince.

— Maintenant vous êtes aveugle, dit-elle. Alors je vais rester avec vous pour toujours.

— Non, petite Hirondelle, dit le pauvre Prince.

Il faut que vous alliez en Égypte.

— Je resterai toujours avec vous, dit l'Hirondelle.

Et elle s'endormit entre les pieds du Prince.

Le jour suivant, elle se campa sur l'épaule du Prince et lui conta des récits de ce qu'elle avait vu dans des pays étranges.

Elle lui parla d'ibis rouges qui se tiennent, en longues rangées, sur les rives du Nil et pêchent à coups de bec des poissons d'or, du Sphinx qui est aussi vieux que le monde, vit dans le désert et connait toutes choses ; des marchands qui marchent lentement près de leurs chameaux et roulent des chapelets d'ambre dans leurs mains ; du roi des montagnes de la Lune, qui est noir comme l'ébène et adore un grand bloc de cristal ; du grand serpent vert qui dort dans un palmier et que vingt prêtres sont chargés de nourrir de gâteaux de miel ; et des pygmées qui naviguent sur un grand lac sur de larges feuilles plates et sont toujours en guerre avec les papillons.

— Chère petite Hirondelle, dit le Prince, vous me dites de merveilleuses choses, mais plus merveilleux est ce que supportent les hommes et les femmes. Il n'y a pas de mystère aussi grand que la misère. Vole par ma ville, petite Hirondelle, et dis-moi ce que tu y vois.

Alors la petite Hirondelle vola par la grande ville et vit les riches qui se réjouissaient dans leurs palais superbes tandis que les mendiants étaient assis à leurs portes.

Elle vola par les ruelles sombres et vit les visages pâles d'enfants mourant de faim qui regardaient avec insouciance les rues noires.

Sous les arches d'un pont, deux petits enfants étaient couchés dans les bras l'un de l'autre pour tâcher de se tenir chaud.

— Comme nous avons faim ! disaient-ils.

— Il ne faut pas rester couchés ici ! leur cria le sergent de ville.

Et ils s'éloignèrent sous la pluie.

Alors l'Hirondelle reprit son vol et alla dire au Prince ce qu'elle avait vu.

— Je suis couvert d'or fin, dit le Prince ; détachez-le feuille à feuille et donnez-le à mes pauvres. Les hommes croient toujours que l'or peut les rendre heureux.

Feuille à feuille, l'Hirondelle arracha l'or fin jusqu'à ce que le Prince Heureux n'eût plus ni éclat ni beauté.

Feuille à feuille, elle distribua l'or fin aux pauvres et les visages des enfants devinrent roses, ils rirent et jouèrent par la ruc.

— Maintenant nous avons du pain, criaient-ils.

Alors la neige arriva, et après la neige la glace.

Les rues semblaient ferrées d'argent tant elles brillaient et étincelaient. De longs glaçons, tels que des poignards de cristal, étaient suspendus aux toits des maisons. Tout le monde se couvrait de fourrures et les petits garçons portaient des toques écarlates et patinaient sur la glace.

La pauvre petite Hirondelle avait froid, toujours plus froid, mais elle ne voulait pas quitter le Prince ; elle l'aimait trop pour cela. Elle picorait les miettes à la porte du boulanger, quand le boulanger ne la regardait pas, et essayait de se réchauffer en battant des ailes.

Mais, à la fin, elle vit qu'elle allait mourir. Elle eut tout juste la force de voler encore une fois sur l'épaule du Prince.

— Adieu, cher Prince ! murmura-t-elle. Permettez que je baise votre main.

— Je suis heureux que vous partiez enfin pour l'Égypte, petite Hirondelle, dit le Prince.

Vous avez séjourné trop longtemps ici, mais il faut me baiser sur les lèvres, car je vous aime.

— Ce n'est pas en Égypte que je vais aller, dit l'Hirondelle. Je vais aller dans la maison de la Mort. La Mort, c'est la sœur du

Sommeil, n'est-ce pas ?

Et elle baisa le Prince Heureux sur les lèvres et tomba morte à ses pieds.

À ce moment, un singulier craquement résonna à l'intérieur de la statue comme si quelque chose s'était brisé.

Le fait est que le cœur de plomb s'était fendu en deux.

Vraiment il faisait un terrible froid.

De bonne heure, le lendemain, le maire se promenait dans le square sous la statue avec les conseillers de la ville.

Comme ils dépassaient le piédestal, il leva la tête vers la statue.

— Dieu ! dit-il. Comme le Prince Heureux semble déguenillé !

— Il est vraiment déguenillé ! dirent les conseillers de ville qui étaient toujours de l'avis du maire et eux aussi levèrent la tête pour regarder la statue.

— Le rubis de son épée est tombé, ses yeux ne sont plus en place et il n'est plus du tout doré, dit le maire. Bref, il ne vaut guère plus qu'un mendiant.

— Guère plus qu'un mendiant ! firent écho les conseillers de ville.

— Et voici qu'il a à ses pieds un oiseau mort, continua le maire. Vraiment il faudra faire promulguer un arrêté pour défendre aux oiseaux de mourir ici.

Et le secrétaire de ville prit note de cette idée.

Alors on renversa la statue du Prince Heureux.

— Comme il n'est plus beau, il ne sert plus à rien ! dit le professeur d'art à l'Université.

Alors on fondit la statue dans une fournaise et le maire réunit le conseil en assemblée pour décider ce que l'on ferait du métal.

— Nous pourrions, proposa-t-il en faire une autre statue. La mienne par exemple.

— Ou la mienne, dit chacun des conseillers de ville.

Et ils se querellèrent.

La dernière fois que j'ai entendu parler d'eux, ils se querellaient toujours.

— Quelle étrange chose ! dit le contremaître de la fonderie. Ce cœur de fonte ne veut pas fondre dans le fourneau, il nous faudra le jeter aux rebuts.

Les fondeurs le jetèrent sur le tas de détritus où gisait l'Hirondelle morte.

— Apporte-moi les deux choses les plus précieuses de la ville, dit Dieu à l'un de ses anges.

Et l'ange lui apporta le cœur de plomb et l'oiseau mort.

— Tu as bien choisi, dit Dieu. Dans mon jardin du Paradis, ce petit oiseau chantera éternellement et, dans ma cité d'or, le Prince Heureux redira mes louanges.

Le rossignol et la rose

— Elle a dit qu'elle danserait avec moi si je lui apportais des roses rouges, gémissait le jeune étudiant, mais dans tout mon jardin il n'y a pas une rose rouge.

De son nid dans l'yeuse, le rossignol l'entendit.

Il regarda à travers les feuilles et s'émerveilla.

— Pas de roses rouges dans tout mon jardin ! criait l'étudiant.

Et ses beaux yeux se remplissaient de larmes.

— Ah ! de quelle chose minime dépend le bonheur ! J'ai lu tout ce que les sages ont écrit ; je possède tous les secrets de la philosophie et faute d'une rose rouge voilà ma vie brisée.

— Voici enfin l'amoureux vrai, dit le rossignol. Toutes les nuits je l'ai chanté, quoique je ne le connusse pas ; toutes les nuits je redis son histoire aux étoiles, et maintenant je le vois. Sa chevelure est foncée comme la fleur de la jacinthe et ses lèvres sont rouges comme la rose qu'il désire, mais la passion a rendu son visage pâle comme l'ivoire et le chagrin a mis son sceau sur son front.

— Le prince donne un bal demain soir, murmurait le jeune étudiant et mes amours seront de la fête. Si je lui apporte une rose rouge, elle dansera avec moi jusqu'au point du jour. Si je lui apporte une rose rouge, je la serrerai dans mes bras. Elle inclinera sa tête sur mon épaule et sa main étreindra la mienne. Mais il n'y a pas de roses rouges dans mon jardin. Alors je demeurerai seul et elle me négligera. Elle ne fera nulle attention à moi et mon cœur se brisera.

— Voilà bien l'amoureux vrai, dit le rossignol. Il souffre tout ce que je chante : tout ce qui est joie pour moi est peine pour lui.

Sûrement l'amour est une merveilleuse chose, plus précieuse que les émeraudes et plus chère que les fines opales. Perles et grenades ne peuvent le payer, car il ne paraît pas sur le marché. On ne peut l'acheter au marchand ni le peser dans une balance pour l'acquérir au poids de l'or.

— Les musiciens se tiendront sur leur estrade, disait le jeune étudiant. Ils joueront de leurs instruments à cordes et mes amours danseront au son de la harpe et du violon. Elle dansera si légèrement que son pied ne touchera pas le parquet et les gens de la cour en leurs gais atours s'empresseront autour d'elle, mais avec moi elle ne dansera pas, car je n'ai pas de roses rouges à lui donner.

Et il se jetait sur le gazon, plongeait son visage dans ses mains et pleurait.

— Pourquoi pleure-t-il ? demandait un petit lézard vert, comme il courait près de lui, sa queue en l'air.

— Mais pourquoi ? disait un papillon qui voletait à la poursuite d'un rayon de soleil.

— Mais pourquoi donc ? murmura une pâquerette à sa voisine d'une douce petite voix.

— Il pleure à cause d'une rose rouge.

— À cause d'une rose rouge. Comme c'est ridicule !

Et le petit lézard, qui était un peu cynique, rit à gorge déployée.

Mais le rossignol comprit le secret des douleurs de l'étudiant, demeura silencieux sur l'yeuse et réfléchit au mystère de l'amour.

Soudain il déploya ses ailes brunes pour s'envoler et prit son essor.

Il passa à travers le bois comme une ombre et, comme une ombre, il traversa le jardin.

Au centre du parterre se dressait un beau rosier et, quand il le vit, il vola vers lui et se campa sur une menue branche.

— Donnez-moi une rose rouge, cria-t-il, et je vous chanterai mes plus douces chansons.

Mais le rosier secoua sa tête.

— Mes roses sont blanches, répondit-il, blanches comme l'écume de la mer et plus blanches que la neige dans la montagne. Mais allez trouver mon frère qui croît autour du vieux cadran solaire et peut-être vous donnera-t-il ce que vous demandez.

Alors le rossignol vola au rosier qui croissait autour du vieux cadran solaire.

— Donnez-moi une rose rouge, lui cria-t-il, et je vous chanterai mes plus douces chansons.

Mais le rosier secoua sa tête.

— Mes roses sont jaunes, répondit-il, aussi jaunes que les cheveux des sirènes qui s'assoient sur un tronc d'arbre, plus jaunes que le narcisse qui fleurit dans les prés, avant que le faucheur ne vienne avec sa faux. Mais allez vers mon frère qui croît sous la fenêtre de l'étudiant et peut-être vous donnera-t-il ce que vous demandez.

Alors le rossignol vola au rosier qui grandissait sous la fenêtre de l'étudiant.

— Donnez-moi une rose rouge, cria-t-il, et je vous chanterai mes plus douces chansons.

Mais l'arbre secoua sa tête.

— Mes roses sont rouges, répondit-il, aussi rouges que les pattes des colombes et plus rouges que les grands éventails de corail que l'océan berce dans ses abîmes, mais l'hiver a glacé mes veines, la gelée a flétri mes boutons, l'ouragan a brisé mes branches et je n'aurai plus de roses de toute l'année.

— Il ne me faut qu'une rose rouge, cria le rossignol, une seule rose rouge.

N'y a-t-il pas quelque moyen que j'en aie une ?

— Il y a un moyen, répondit le rosier, mais il est si terrible que je n'ose vous le dire.

— Dites-le-moi, fit le rossignol. Je ne suis pas timide.

— S'il vous faut une rose rouge, dit le rosier, vous devez la bâtir de notes de musique au clair de lune et la teindre du sang de votre propre cœur. Vous chanterez pour moi, votre gorge appuyée à des épines. Toute la nuit vous chanterez pour moi et les épines vous perceront le cœur : votre sang vital coulera dans mes veines et deviendra le mien.

— La mort est un grand prix pour une rose rouge, répliqua le rossignol, et tout le monde aime la vie. Il est doux de se percher dans le bois verdissant, de regarder le soleil dans son char d'or et la lune dans son char de perles. Elle est douce, l'odeur des buissons d'aubépines. Elles sont douces, les clochettes bleues qui se cachent dans la vallée et les bruyères qui couvrent la colline. Pourtant, l'amour est meilleur que la vie et qu'est-ce que le cœur d'un oiseau comparé au cœur d'un homme ?

Alors il déploya ses ailes brunes et prit son essor dans l'air. Il passa à travers le jardin comme une ombre et, comme une ombre, il traversa le bois.

Le jeune étudiant était toujours couché sur le gazon là où le rossignol l'avait laissé et les larmes n'avaient pas encore séché dans ses beaux yeux.

— Soyez heureux, lui cria le rossignol, soyez heureux, vous aurez votre rose rouge. Je la bâtirai de notes de musique au clair de lune et la teindrai du sang de mon propre cœur. Tout ce que je vous demanderai en retour, c'est que vous soyez un amoureux vrai, car l'amour est plus sage que la philosophie, quoiqu'elle soit sage, et plus fort que la puissance, quoiqu'elle soit forte.

Ses ailes sont couleur de feu et son corps couleur de flammes, ses lèvres sont douces comme le miel et son haleine est comme l'encens.

L'étudiant leva les yeux du gazon, tendit l'oreille, mais il ne put comprendre ce que lui disait le rossignol, car il ne savait que les choses qui sont écrites dans les livres.

Mais l'yeuse comprit et s'attrista, car il aimait beaucoup le petit rossignol qui avait bâti son nid dans ses branches.

— Chantez-moi une dernière chanson, murmura-t-il. Je serai si triste quand vous serez parti.

Alors le rossignol chanta pour l'yeuse et sa voix était comme l'eau jaseuse d'une fontaine argentine.

Quand il eut fini sa chanson, l'étudiant se releva et tira son calepin et son crayon de sa poche.

— Le rossignol, se disait-il en se promenant par l'allée, le rossignol a une indéniable beauté, mais a-t-il du sentiment ? Je crains que non. En fait, il est comme beaucoup d'artistes, il est tout style, sans nulle sincérité. Il ne se sacrifie pas pour les autres. Il ne pense qu'à la musique et, tout le monde le sait, l'art est égoïste. Certes, on ne peut contester que sa voix a de fort belles notes. Quel malheur que tout cela n'ait aucun sens, ne vise aucun but pratique.

Et il se rendit dans sa chambre, se coucha sur son petit grabat et se mit à penser à ses amours.

Un peu après, il s'endormit.

Et, quand la lune brillait dans les cieux, le rossignol vola au rosier et plaça sa gorge contre les épines.

Toute la nuit, il chanta et les épines pénétraient de plus en plus avant dans sa gorge et son sang vital fluait hors de son corps.

D'abord, il chanta la naissance de l'amour dans le cœur d'un garçon et d'une fille et, sur la plus haute ramille du rosier, fleurit une rose merveilleuse, pétale après pétale, comme une chanson suivait une chanson.

D'abord, elle était pâle comme la brume qui flotte sur la rivière, pâle comme les pieds du matin et argentée comme les ailes de l'aurore.

La rose, qui fleurissait sur la plus haute ramille du rosier, semblait l'ombre d'une rose dans un miroir d'argent, l'ombre d'une rose dans un lac.

Mais le rosier cria au rossignol de se presser plus étroitement contre les épines.

— Pressez-vous plus étroitement, petit rossignol, disait le rosier, ou le jour reviendra avant que la rose ne soit terminée.

Alors le rossignol se pressa plus étroitement contre les épines et son chant coula plus éclatant, car il chantait comment éclot la passion dans l'âme de l'homme et d'une vierge.

Et une délicate rougeur parut sur les pétales de la rose comme rougit le visage d'un fiancé qui baise les lèvres de sa fiancée.

Mais les épines n'avaient pas encore atteint le cœur du rossignol, aussi le cœur de la rose demeurait blanc, car le sang seul d'un rossignol peut empourprer le cœur d'une rose.

Et la rose cria au rossignol de se presser plus étroitement contre les épines.

— Pressez-vous plus étroitement, petit rossignol, disait-il, ou le jour surviendra avant que la rose ne soit terminée.

Alors le rossignol se pressa plus étroitement contre les épines, et les épines touchèrent son cœur, et en lui se développa un cruel tourment de douleur.

Plus amère, plus amère était la douleur, plus impétueux, plus impétueux jaillissait son chant, car il chantait l'amour parfait par la mort, l'amour qui ne meurt pas dans la tombe.

Et la rose merveilleuse s'empourpra comme les roses du Bengale.

Pourpre était la couleur des pétales et pourpre comme un rubis était le cœur.

Mais la voix du rossignol faiblit. Ses petites ailes commencèrent à battre et un nuage s'étendit sur ses yeux.

Son chant devint de plus en plus faible. Il sentit que quelque chose l'étouffait à la gorge.

Alors son chant lança un dernier éclat.

La blanche lune l'entendit et elle oublia l'aurore et s'attarda dans le ciel.

La rose rouge l'entendit ; elle trembla toute d'extase et ouvrit ses pétales à l'air froid du matin.

L'écho l'emporta vers sa caverne pourpre sur les collines et éveilla de leurs rêves les troupeaux endormis.

Le chant flotta parmi les roseaux de la rivière et ils portèrent son message à la mer.

— Voyez, voyez, cria le rosier, voici que la rose est finie.

Mais le rossignol ne répondit pas : il était couché dans les hautes graminées, mort le cœur transpercé d'épines.

À midi, l'étudiant ouvrit sa fenêtre et regarda au-dehors.

— Quelle étrange bonne fortune ! s'écria-t-il, voici une rose rouge ! Je n'ai jamais vu pareille rose dans ma vie. Elle est si belle que je suis sûr qu'elle doit avoir en latin un nom compliqué.

Et il se pencha et la cueillit.

Alors il mit son chapeau et courut chez le professeur, sa rose à la main.

La fille du professeur était assise sur le pas de la porte.

Elle dévidait de la soie bleue sur une bobine et son petit chien était couché à ses pieds.

— Vous aviez dit que vous danseriez avec moi si je vous apportais une rose rouge, lui dit l'étudiant. Voilà la rose la plus rouge du monde. Ce soir, vous la placerez près de votre cœur et, quand nous danserons ensemble, elle vous dira combien je vous aime.

Mais la jeune fille fronça les sourcils.

— Je crains que cette rose n'aille pas avec ma robe, répondit-elle. D'ailleurs le neveu du chambellan m'a envoyé quelques vrais bijoux et chacun sait que les bijoux coûtent plus que les fleurs.

— Oh ! ma parole, vous êtes une ingrate ! dit l'étudiant d'un ton colère.

Et il jeta la rose dans la rue où elle tomba dans le ruisseau.

Une lourde charrette l'écrasa.

— Ingrate ! fit la jeune fille. Je vous dirai que vous êtes bien mal élevé. Et qu'êtes-vous après tout ? un simple étudiant. Peuh ! je ne crois pas que vous ayez jamais de boucles d'argent à vos souliers comme en a le neveu du chambellan.

Et elle se leva de sa chaise et rentra dans la maison.

— Quelle niaiserie que l'amour ! disait l'étudiant en revenant sur ses pas. Il n'est pas la moitié aussi utile que la logique, car il ne peut rien prouver et il parle toujours de choses qui n'arriveront pas et fait croire aux gens des choses qui ne sont pas vraies. Bref, il n'est pas du tout pratique et comme à notre époque le tout est d'être pratique, je vais revenir à la philosophie et étudier la métaphysique.

Là-dessus, l'étudiant retourna dans sa chambre, ouvrit un grand livre poudreux et se mit à lire.

Le géant égoïste

Chaque après-midi, quand ils revenaient de l'école, les enfants avaient l'habitude d'aller jouer dans le jardin du géant.

C'était un grand jardin solitaire avec un doux gazon vert. Çà et là, sur le gazon, de belles fleurs brillaient comme des étoiles et il y avait douze pêchers qui, au printemps, fleurissaient une délicate floraison rose et blanche et à l'automne portaient de beaux fruits.

Les oiseaux perchaient sur les arbres et chantaient si délicieusement que les enfants d'ordinaire arrêtaient leur jeu pour les écouter.

— Comme nous sommes heureux ici ! s'écriaient-ils les uns aux autres.

Un jour, le géant revint.

Il avait été visiter son ami l'ogre de Cornouailles et il avait séjourné sept ans chez lui. Après que ces sept années furent révolues, il avait dit tout ce qu'il avait à dire, car sa conversation avait des limites et il résolut de rentrer dans son château.

En arrivant, il vit les enfants qui jouaient dans le jardin.

— Que faites-vous là ? cria-t-il d'une voix très aigre.

Et les enfants s'enfuirent.

— Mon jardin est à moi seul, reprit le géant. Tout le monde doit comprendre cela et je ne permettrai à personne qu'à moi de s'y ébattre.

Alors il l'entoura d'une haute muraille et y plaça un écriteau.

Défense d'entrer sous peine de poursuites

C'était un géant égoïste.

Les pauvres enfants n'avaient plus de lieu de récréation.

Ils essayèrent de jouer sur la route, mais la route était très poudreuse et pleine de pierres dures et ils ne l'aimaient pas.

Ils avaient pris l'habitude, quand leurs leçons étaient terminées de se promener autour de la haute muraille et de parler du beau jardin qui était par delà.

— Que nous y étions heureux ! se disaient-ils les uns aux autres.

Alors le printemps arriva et par tout le pays il y eut de petites fleurs et de petits oiseaux.

Dans le jardin seul du géant égoïste, c'était encore l'hiver.

Les oiseaux ne se souciaient plus d'y chanter depuis qu'il n'y avait plus d'enfants et les arbres oubliaient de fleurir.

Une fois, une belle fleur leva sa tête au-dessus du gazon, mais quand elle vit l'écriteau, elle fut si attristée à la pensée des enfants qu'elle se laissa retomber à terre et se rendormit.

Les seuls à se réjouir, ce furent la neige et la glace.

— Le printemps a oublié ce jardin, s'écriaient-elles. Alors nous allons y vivre toute l'année.

La neige étala sur la gazon son grand manteau blanc et la glace revêtit d'argent tous les arbres.

Alors elles invitèrent le vent du Nord à faire un séjour chez elles.

Il accepta et vint.

Il était enveloppé de fourrures. Il rugissait tout le jour par le jardin et renversait à chaque instant des cheminées.

— C'est un endroit délicieux, disait-il. Nous demanderons à la grêle de nous faire visite.

La grêle arriva, elle aussi.

Chaque jour, pendant trois heures, elle battait du tambour sur le toit du château jusqu'à ce qu'elle eût brisé beaucoup d'ardoises et alors elle tournait autour du jardin aussi vite qu'il lui était possible.

Elle était habillée de gris et son souffle était de glace.

— Je ne puis comprendre pourquoi le printemps est si long à venir, disait le géant égoïste, quand il se mettait à la fenêtre et regardait son jardin blanc et froid. Je souhaite que le temps change.

Mais le printemps ne venait pas. L'été non plus.

Dans tous les jardins, l'automne apporta des fruits d'or, mais il n'en donna aucun au jardin du géant.

— Il est par trop égoïste, dit-il.

Et toujours c'était l'hiver chez le géant et le vent du Nord, et la grêle, et la glace, et la neige, qui dansaient au milieu des arbres.

Un matin, le géant, déjà éveillé, était couché dans son lit, quand il entendit une musique délicieuse. Elle fut si douce à ses oreilles qu'il crut que les musiciens du roi devaient passer par là.

En réalité, c'était une petite linotte qui chantait devant sa fenêtre, mais il y avait si longtemps qu'il n'avait entendu un oiseau chanter dans son jardin qu'il lui sembla que c'était la plus belle musique du monde.

Alors la grêle cessa de danser sur la tête du géant et le vent du Nord de rugir. Un délicieux parfum arriva à lui à travers la croisée ouverte.

— Je crois qu'enfin le printemps est venu, dit le géant.

Et il sauta du lit et regarda.

Que vit-il ?

Il vit un spectacle étrange.

Par une petite brèche dans la muraille, les enfants s'étaient glissés dans le jardin et s'étaient huchés sur les branches des arbres.

Sur tous les arbres qu'il pouvait voir, il y avait un petit enfant et les arbres étaient si heureux de porter de nouveau des enfants qu'ils s'étaient couverts de fleurs et qu'ils agitaient gracieusement leurs bras sur la tête des enfants.

Les oiseaux voletaient de l'un à l'autre et gazouillaient avec délices et les fleurs dressaient leurs têtes dans l'herbe verte et riaient.

C'était un joli tableau.

Dans un seul coin, c'était encore l'hiver, dans le coin le plus éloigné du jardin.

Là il y avait un tout petit enfant. Il était si petit qu'il n'avait pu atteindre les branches de l'arbre et il se promenait tout autour en pleurant amèrement.

Le pauvre arbre était encore tout couvert de glace et de neige et le vent du Nord soufflait et rugissait au-dessus de lui.

— Grimpe donc, petit garçon, disait l'arbre.

Et il lui tendait ses branches aussi bas qu'il le pouvait, mais le garçonnet était trop petit.

Le cœur du géant fondit quand il regarda au-dehors.

— Combien j'ai été égoïste, pensa-t-il. Maintenant je sais pourquoi le printemps n'a pas voulu venir ici. Je vais mettre ce pauvre petit garçon sur la cime de l'arbre ; puis je jetterai bas la muraille et mon jardin sera à jamais le lieu de récréation des enfants.

Il était vraiment très repentant de ce qu'il avait fait.

Alors il descendit les escaliers, ouvrit doucement la porte de façade et descendit dans le jardin.

Mais quand les enfants le virent, ils furent si terrifiés qu'ils prirent la fuite et le jardin redevint hivernal.

Seul le petit enfant ne s'était pas enfui, car ses yeux étaient si pleins de larmes qu'il n'avait pas vu venir le géant.

Et le géant se glissa derrière lui, le prit gentiment dans ses mains et le déposa sur l'arbre.

Et l'arbre aussitôt fleurit ; les oiseaux y vinrent percher et chanter et le petit garçon étendit ses deux bras, les passa autour du cou du géant et l'embrassa.

Et les autres enfants, quand ils virent que le géant n'était plus méchant, accoururent et le printemps arriva avec eux.

— C'est votre jardin maintenant, petits enfants, dit le géant.

Et il prit une grande hache et renversa la muraille.

Et quand les gens s'en allèrent au marché à midi, ils trouvèrent le géant qui jouait avec les enfants dans le plus beau jardin qu'on ait jamais vu.

Toute la journée, ils jouèrent, et, le soir, ils vinrent dire adieu au géant.

— Mais où est votre petit compagnon, dit-il, le garçon que j'ai huché sur l'arbre ?

C'était lui que le géant aimait le mieux parce qu'il l'avait embrassé.

— Nous ne savons pas, répondirent les enfants : il est parti.

— Dites-lui d'être exact à venir ici demain, reprit le géant.

Mais les enfants dirent qu'ils ne savaient pas où il habitait et qu'avant ils ne l'avaient jamais vu.

Et le géant devint tout triste.

Chaque après-midi, à la sortie de l'école, les enfants venaient jouer avec le géant, mais on ne revit plus le petit garçon qu'aimait le géant. Il était très bienveillant avec tous, mais il regrettait son premier petit ami et souvent il en parlait.

— Que je voudrais le voir, avait-il l'habitude de dire.

Les années passèrent et le géant vieillit et s'affaiblit.

Il ne pouvait plus prendre part au jeu ; il demeurait assis sur un grand fauteuil et regardait jouer les enfants et admirait son jardin.

— J'ai beaucoup de belles fleurs, disait-il, mais les enfants sont les plus belles des fleurs.

Un matin d'hiver, comme il s'habillait, il regarda par la fenêtre. Maintenant il ne détestait plus l'hiver ; il savait qu'il n'est que le sommeil du printemps et le repos des fleurs.

Soudain il se frotta les yeux de surprise et regarda avec attention.

Certes, c'était une vision merveilleuse.

À l'extrémité du jardin, il y avait un arbre presque couvert de jolies fleurs blanches. Ses branches étaient toutes en or et des fruits d'argent y étaient suspendus et sous l'arbre se tenait le petit garçon qu'il aimait.

Le géant dégringola les escaliers, transporté de joie et entra dans le jardin. Il se hâta à travers le gazon et s'approcha de l'enfant. Et, quand il fut tout près de lui, son visage rougit de colère et il dit :

— Qui donc a osé te blesser ?

Sur les paumes des mains de l'enfant il y avait les empreintes de deux clous et aussi les empreintes de deux clous sur ses petits pieds.

— Qui a osé te blesser ? cria le géant, dis-le moi. Je vais prendre une grande épée et je le tuerai.

— Non, répondit l'enfant, ce sont les blessures de l'amour.

— Qui est-ce ? dit le géant.

Et une crainte respectueuse l'envahit et il s'agenouilla devant le petit garçon.

Et le garçon sourit au géant et lui dit :

— Vous m'avez laissé jouer une fois dans votre jardin.

Aujourd'hui vous viendrez avec moi dans mon jardin qui est le Paradis.

Et, quand les enfants arrivèrent cet après-midi-là, ils trouvèrent le géant étendu mort sous l'arbre, tout couvert de fleurs blanches.